이경영 판타지 장편 소설
FANTASY FRONTIER SPIRIT

가즈나이트 R

GodsKnight R ⑨

도서출판
청어람

CONTENTS

CHAPTER 39
하늘의 남자

그날 아침, 노블 공주는 황금여우 왕국을 대표하여 리오 일행을 찾아왔다.

천막 안으로 들어온 그녀는 일행과 처음 만났던 날과 달리 붉은색으로 곱게 염색된 드레스를 말끔히 차려입고 있었다.

물론 첫날 입은 옷이 지저분한 옷은 아니었다.

그녀가 한 나라의 공주라는 입장을 전달하기에 충분한 전투복이었고 그 옷 또한 황금여우 부족이 가장 으뜸으로 치는 색인 붉은색으로 염색되어 있었다.

니블헤임으로 갈 준비를 마무리하던 일행들은 그녀의 그 말끔한 모습과 아쉬움으로 잔뜩 물든 표정에서 그녀가 무슨 의도로 자신들을 찾아왔는지 어렵지 않게 감지했다.

이곳을 오늘 떠날 것이라는 이야기는 어제 저녁에 통보했고 노블을 비롯한 왕국의 수인들은 그에 대해 여태껏 하지 못했던 감사와 경의를 정중하게 표했다.

리오 일행의 천막에는 리오와 루이체, 케롤만이 분주했다.

어제의 영웅인 하이엘바인과 지크는 이른 아침부터 밖에 나가 돌아오지 않고 있었다.

여태껏 경험한 온갖 사건들로 머리가 복잡한 가운데 칼자루를 만지며 시간을 보내던 리오는 가장 먼저 일어나 그녀에게 다가갔다.

"노블 공주님."

노블을 맞이하는 그의 목소리와 발걸음에는 힘이 넘쳤다.

물론 절반은 연출된 상황이었다.

사실 그는 오늘 아침에 눈을 뜬 순간부터 미약한 무기력감에 시달리고 있었다.

처음에는 병인가 싶었지만 그럴 리는 없었다.

주신, 하이볼크와 만난 직후 강화된 그의 육체는 대부분의 질병과 독에 내성을 갖고 있기 때문에 어지간히 지치지 않으면 면역성이 떨어지지 않는다.

그러나 정신적인 무기력감은 사실이었다.

어떤 불길한 느낌 같은 것이 아니라 아무 이유 없이 몸에 힘이 없고 기분도 나지 않았다.

그럼에도 불구하고 리오는 노블 앞에서 여유를 보였다.

헤어지는 마당에 나약한 모습을 보여주는 것은 상대에게 큰 걱정을 끼치는 일이라는 것을 그는 잘 알고 있었다.

일종의 선의의 거짓이었다.

"자네는 힘이 넘치는군. 다른 사람들은 전부 넋이 나간 표정인데 말일세."

노블이 감탄했다.

"그렇습니까?"

리오는 돌아서서 루이체와 케롤을 살펴봤다.

루이체는 치료를 위해 카이리가 있는 블랙테일 주둔지로 간 친구, 쑤밍에 대한 걱정으로 마음이 무거웠다.

케롤은 어제 자신이 봤던 것들에 대한 모든 것을 머릿속으로 정리하느라 그렇지 않아도 하얀 얼굴이 더욱 하얗게 표백되어 있었다.

그가 그렇게 머리를 쓰는 이유는 카이리가 그의 교신기를 부숴 버렸기 때문이다.

정리할 장소가 자기 자신의 머리뿐이니 그의 이상한 모습은 그 누구도 지적하기 힘들었다.

"넋까진 모르겠지만 확실히 정신은 없군요."

리오가 두어 번 무겁게 손바닥을 마주쳤다.

"어이, 정신 차려. 공주님께서 납시셨다고."

움찔한 루이체와 케롤은 서둘러 마음과 분위기를 정돈하고 노블을 맞이해 주었다.

이별을 앞둔 상황이라 그런지 그들 역시 예의를 확실히 갖췄다.

"어서 오십시오, 공주 마마."

루이체와 케롤이 고개를 꾸벅 굽히자 노블도 그 낯선 분위기에 매우 멋쩍어했다.

"그냥 편하게 대해주게. 다음에 만났을 때도 날 이렇게 대한다면 벌을 내릴 것이네."

경고를 한 노블은 아쉽게 웃었다.

리오는 고개를 슬며시 저은 후 그녀의 키에 맞춰 몸을 구부리고 앉았다.

"둘째 공주님께서는 어떠하신지요?"

메이블의 동생이자 왕국의 둘째 공주이며 얼마 전까지 회색여우 왕국에 볼모로 잡혀 있던 그녀, 메이블은 피로가 불러온 병으로 인해 몸져누운 상황이었다.

"꼼짝도 못한다네. 그… 파프니르 코어였나? 그 사건의 영향도 있고, 또 워낙 놀라기도 했지 않나?"

"그렇지요. 보통사람은 견디기 힘든 일입니다. 그냥 아프신 것만으로도 다행입니다."

"음……."

그렇게 목소리를 서서히 흐린 노블은 걱정에 지면 쪽을 봤다.

리오가 그녀에게 했던 거짓말 중 또 하나가 바로 메이블에 대한 것이었다.

그는 메이블이 앞으로 정상적인 생활을 하기 힘들다는 사실을 알고 있었다.

파프니르 코어에 지배되어 정상 범위를 벗어나 버린 그녀의 신경 계통은 망가져서 어쩔 수가 없는 상태였다.

노블 역시 마찬가지였지만 메이블은 그 수준이 심각했다.

지금 이대로라면 이따금씩 발작을 일으킬 가능성이 컸다.

원인 모를 발작으로 쓰러져 전신이 경련을 일으키고, 그 상황에서 스스로 혀를 깨물거나 대소변을 참지 못할 것이다.

잠든 상태에서 그런 증상에 빠졌다가 아침에 큰 두통을

호소할 수도 있다.

인간으로 치자면 간질과 다를 바가 없었다.

망가진 신경 계통을 원래대로 되돌리려면 파프니르 코어가 신경 계통의 어떤 부분을 어떻게 망가뜨렸는지 철저하게 분석해야만 했다.

물론 리오는 메이블을 꼭 치료해 주고 싶었다.

그는 그렇게 발작으로 고생하는 자들이 어떻게 쓸쓸해지는지를 기억하고 있었다.

하지만 그 모든 것들을 밝혀낼 신계는 작은 수인 왕국의 공주라는, 불과 수십 년밖에 살지 못하는 미물 하나에 대해 신경을 쓰지 않을 것이다.

신경을 쓴다 하더라도 파프니르 코어에 대한 분석이 과연 얼마나 걸릴 것인지는 미지수였다.

정말 고치려면 리오 스스로 그녀를 고칠 방법을 찾는 것이 더 빨랐다.

하지만 그것 역시 지금 그가 처리하고 있는 모든 일들이 해결된 뒤에 부릴 여유였다.

루이체는 말없이 가만히 있는 리오를 보며 소리없이 한숨을 내쉬었다.

'고민하고 있네.'

그녀는 리오가 개인적인 고민에 빠질 때마다 그런 모습

이 되어버리는 것을 예전부터 봐왔다.

그리고 리오는 그녀의 기억에서 단 한 치의 오차도 없이 그 모습을 보여주고 있었다.

노블은 잠시 아무 말도 하지 않다가 이윽고 리오를 봤다.

"자네, 다시 내 앞에 나타나 줄 것인가?"

노블은 리오와 처음 만났던 며칠 전을 떠올리고 있었다.

파프니르 코어의 힘을 얻었을 때, 그녀는 다른 이의 도움 없이 왕국을 지킬 힘을 얻었다는 기쁨에 잠겼다

하지만 그 파프니르의 힘 때문에 그녀와 그녀의 나라는 렘런트들에게 공격을 받았다.

왕국 지하에서 노블이 얻은 파프니르의 힘은 그녀를 이용하여 렘런트들을 물리치지만 제어가 안 되는 그 부정한 힘은 노블과 황금여우 수인들이 살던 도시까지 파괴했다.

공포 속에, 한 무리의 인간들이 왕국을 찾아왔다.

그들과 마주한 노블의 눈에 가장 먼저 띈 것은 붉은 장발의 남자였다.

큰 키와 온갖 전투로 단련된 것이 틀림없는 근육질 육체, 그와 함께 수많은 적들을 만났을 것이 분명한 그의 보라색 대검 등은 노블의 기사들은 물론 노블 자신까지 너무나 초라하게 만들었다.

신비로움에 압도당한다는 것이 무엇인지 처음 알게 된 노블은 그 붉은 장발의 사내에게서 눈을 뗄 수가 없었다.

니블헤임의 주인, 로키가 보냈다는 소개에는 실망했으나 그것보다는 자신들이 황금여우 왕국을 돕기 위해 왔다는 사실을 더 안정감있게 설명하는 태도가 훌륭했다.

그 모습에 취한 듯, 노블은 외교적 예의 절차를 무시하고 왕국의 대표인 자신이 먼저 이름을 밝히는 실수를 하고 말았다.

이후 그는 그녀의 기대를 저버리지 않았고 그의 동료들 역시 상상 이상의 힘으로 싸운 끝에 오랫동안 만날 수 없을 거라 생각했던 그녀의 동생, 메이블까지 데려와 주었다.

노블은 이후 그들에게 어떤 모험이 기다리고 있을지 궁금했다.

될 수 있으면 그들의 곁에서 다음에 이어지는 모험을 보고 싶었다.

하지만 노블은 지금 자신을 응시하는 붉은 장발의 남자가 이별을 전제로 한 채 자신을 대하고 있음을 알고 있었다.

"저희가 다시 공주님 앞에 나타난다는 것은 매우 부정적인 상황이란 뜻입니다. 저는 특히 그렇지요."

예상은 하고 있었지만 직접 들으니 노블의 기분이 더욱 가라앉았다.

"신의 마지막 구원이라는 것인가?"

"신을 믿으십니까?"

리오의 질문에 노블은 고개를 가로저었다.

"믿진 않네. 지금도 사실 믿고 싶진 않네. 자네와 자네의 친구들이 오기 전까지의 일을 기억해 보자면 신이 그렇게까지 친절한 존재 같진 않으니까."

노블이 말한 믿음은 신앙이 아니라 신뢰에 대한 것이었다.

신앙에 대해서 질문했던 리오는 복잡한 미소를 지었다.

"막상 믿자며 백성들을 부추겼다가는 우리의 역사 전체가 복잡해질 것 같군. 가급적이면 없었던 일로 하고 싶네."

"현명하시군요."

리오는 눈웃음을 지었다. 더불어 그가 꺼낸 말은 솔직한 감상이었다.

노블은 자신에게 웃음 짓는 그를 응시했다.

그와 그의 친구들이 있었다는 사실만큼은 없었던 일로 하고 싶지 않아서였다.

"음. 하이엘바인님은 어디 계신가?"

"제가 다른 이에게 물어보겠습니다."

모른다는 말을 조금 복잡하게 꺼낸 리오는 똑바로 일어나 루이체와 케롤을 돌아봤다.

"하이엘바인님과 지크가 어디로 갔는지 아는 사람?"

그들의 행방에 대해 처음 꺼내는 질문이었다.

둘이 고아가 되거나 납치가 될 만한 존재라면 대놓고 걱정했겠지만 리오는 둘 다 그럴 가능성에서 아득히 먼 존재라는 사실을 너무도 잘 알고 있었다.

케롤이 반쯤 손을 들었다.

"아침 일찍 동쪽 숲으로 가셨어요."

"두 사람이 함께?"

리오가 놀라 묻자 케롤은 긴 백색 머리카락을 흔들었다.

"하이엘바인님께서 먼저 나가시고 그 뒤를 지크님이 쫓아갔죠. 그 이후로는 모르겠네요."

"그렇군."

리오는 천막 밖에서 수인들이 만들고 있는 특별 아침식사를 천막 사이로 흘끔 봤다.

"모를 일이군. 식사 때가 가까워졌는데도 돌아오시지 않으시다니, 하이엘바인님답지 않잖아?"

"더 이상은 음식으로 힘을 보충하실 필요가 없잖아요."

"아, 그런가?"

리오는 잠시 망각했던 그 사실을 다시 떠올리고는 한숨을 길게 내쉬었다.

"그러고 보니 그때 이후로 분위기가 많이 변하신 것 같던데, 아닌가?"

"월경이라도 겪으시나 보죠."

아무렇게나 내뱉은 케롤의 말에 천막 내의 분위기가 경색됐다.

케롤은 그런 분위기를 읽으려는 노력도 하지 않고 입을 계속 떠벌렸다.

"그동안 못하셨던 거, 한꺼번에 쏵 쏟아내시는 거죠. 쏵."

그가 입으로 효과음까지 내자 노블의 얼굴이 그녀가 입은 옷만큼이나 빨갛게 변했다.

한편으로는 루이체가 들고 있던 빈 컵이 그의 머리를 향해 날아갔다.

리오는 동생의 무례를 대놓고 방관했다.

＊　　　＊　　　＊

하이엘바인은 동쪽 숲에서 가장 키가 큰 나무의 꼭대기에 올라가 있었다.

그녀가 밟은 나뭇가지는 그녀의 몸을 지탱할 수 있을 만큼 든든하지 못했지만 힘을 되찾은 하이엘바인에게는 아무런 문젯거리가 아니었다.

그의 바로 옆에 솟은 나무에는 지크가 서 있었다.

하이엘바인이 쓰는 것보다 훨씬 두꺼운 나뭇가지에 자리를 잡은 그는 상대방에게 따분함이 깃든 시선을 끝없이 보내고 있었다.

"식사하러 가셔야죠?"

결국 먼저 입을 연 사람은 지크였다.

"생각없네."

하이엘바인이 눈을 감은 채 대답했다.

지금의 그녀는 떠오른 지 얼마 안 되어 싱싱하기 그지없는 태양과 신선한 아침의 공기를 식사 대신 즐기는 듯했다.

지크가 보기에 그랬고 실제로도 그랬다.

그녀는 가브리엘에게 당하여 힘을 잃기 전처럼 자연 그 자체를 통해 자신의 힘을 보충할 수 있었다.

하지만 고깃덩어리를 무차별로 섭취하는 그녀의 모습을 아직 잊지 못한 지크는 다른 쪽으로 생각을 맞췄다.

"정말 생각 없으세요?"

"그렇다네. 힘이 되돌아온 덕분……."

"월경이라도 다시 나오나 보네요."

"……."

잠깐 침묵이 흘렀다.

"월경?"

그녀가 묻자 지크는 아차 했다.

지금 그녀에게 얻어맞았다가는 그 누구도 살아남기 힘들다는 사실을 그제야 깨달은 것이다.

"아, 저… 그러니까……."

그가 뭔가 변명을 하려는 순간, 하이엘바인이 공간을 무시하는 듯한 속도로 그의 앞에 나타났다.

"월경에 대해 자세히 아는가?"

그러면서 그녀는 지크의 두 어깨를 손으로 덥석 쥐었다.

그 공격적인 태도에 지크는 더욱 깊이 당혹감에 빠졌다.

"해, 해보지 못해서 실제적인 도움은 못 드릴 거 같아요."

"뜻은 안다는 말이군!"

질문을 하는 그녀의 기세가 지크의 뼈마디를 꺾는 듯했다.

실제 물리적으로 걸리는 압력도 그랬지만 순진무구함이 가진 저돌성도 한몫했다.

"뭐, 그렇죠."

그는 일단 그렇게 말을 내뱉었다.

'어쩌지? 얘기를 안 하기도 그렇고.'

대답해 주지 않으면 자신이 원하는 바를 얻을 수 없을 것이다.

지크는 그렇게 생각했다.

그가 원하는 것은 오딘에게서조차 듣지 못했던, 자신의 오랜 숙원에 대한 답이었다.

지금의 자신을 완벽하게 초월하는 방법.

지크는 자신보다 강한 자들을 만날 때마다 그 방법을 원했고 이후 온갖 수단을 전부 사용해 봤지만 뭔가 초월적인 힘을 갖게 되었다는 느낌을 받은 적은 없었다.

오딘에게는 제대로 물어볼 틈이 없었다.

고작 고민 상담에 그치는 행동만 했을 뿐이었다.

하이엘바인이 힘을 되찾은 때를 노려서 질문하는 자신이 상당히 졸렬하게 느껴지긴 했지만 지크는 개의치 않았다.

어제 하이엘바인이 상대했던 그 정체불명의 석상을 본 이후 지크는 여태까지와는 전혀 다른 상황이 펼쳐질 것임을 직감했다.

그 상황의 해결책이 '오로지' 힘이라면 자신이 도달할 곳은 절망뿐이리라.

그런 마음을 갖고 있는 지크는 자신이 별 생각 없이 내뱉은 농담부터 해결하기로 했다.

"그러니까, 월경이란 말이죠."

"으음!"

하이엘바인의 눈동자가 반짝거렸다.

지크는 대답을 계속 이어가자니 왠지 자신이 나쁜 사람이 되는 것 같아 괴로웠다.

"아기를 만들기 위한 과정 중에 하나인데, 음…….."

말을 제대로 이어나가지 못하는 가운데, 문득 지크의 눈앞에 그리운 누군가의 얼굴이 떠올랐다.

"저희 엄마 말인데요. 사실 아이를 낳지 못하는 몸이셨어요."

말의 방향이 명백히 다른 곳으로 새어 나가자 하이엘바인은 흠칫했다.

그러나 다음 말을 찾기 위해 고민하는 지크의 모습이 워낙 진지했기에 그녀는 참고 기다리기로 했다.

"전 그때 당시 그 사실에 대해 별로 신경을 안 썼어요. 그런 걸 신경 쓸 나이도 아니었고……. 아무튼 어느 날이었어요. 학교 친구가 처음으로 월경을 해서 반 전체가 난리가 났었죠. 전 그날 일을 엄마에게 말씀드렸는데, 그때 저에게 이렇게 말씀하셨어요."

추억에 빠져 지그시 웃은 지크는 누군가의 흉내를 내듯

자신보다 작은 생물을 보는 것처럼 시선을 움직였다.

"어머니가 될 수 있는 모든 여자들의 몸에는 우주에 비교할 수 있는 창조와 파괴가 계속 일어난다고 하셨죠. 새로운 생명을 위한 창조, 그리고 건강한 창조를 위한 파괴와 같다고 말이에요."

"새로운 생명을 위한 창조, 건강한 창조를 위한 파괴라……."

하이엘바인은 지금 자신이 읊조린 말이 오랫동안 머릿속에 남을 것 같았다.

"예. 그래서 옛 사람들이 월경을 하늘에 뜬 달에 비유하기도 했다네요."

"오오."

"그러시면서 엄마는 엄마 자신의 몫만큼 그 친구를 성대하게 축복해 주라고 하셨어요."

"그렇군. 축복해 주었나?"

하이엘바인은 좋은 이야기를 들은 아이처럼 웃는 한편 앞으로 자신이 듣게 될지 모르는 로맨틱한 이야기에 대한 기대를 품었다.

지크는 뒷머리를 손으로 만지작거렸다.

"안 했죠."

지크가 피식 웃었다. 하이엘바인의 얼굴에 실망감이 올

라왔다.

"어째서?"

"남자친구 있는 애를 제가 왜 건드려요."

"……."

하이엘바인은 지크의 대응이 뭔가 아닌 것 같았지만 왠지 그럴싸하기도 했기에 아무 행동도 하지 않았다.

"그럼 이제 하이엘바인님께서 대답해 주실 차례예요."

지크가 이때다 싶어 자신의 문제를 들이밀었다.

"내가? 무엇을?"

하이엘바인은 지크의 뜬금없는 질문에 깜짝 놀랐다.

"하이엘바인님께서 궁금해하시는 걸 제가 풀어드렸잖아요? 그러니 이제 하이엘바인님께서 저를 도와주실 차례죠."

그러자 하이엘바인이 깊게 실망했다.

"대가에 욕심이 나서 행하는 선의는 위선이라네."

그 한마디에 지크의 뒷목부터 등줄기까지 땀이 줄줄 흘렀다.

"아, 아무튼 좀 도와주세요!"

"알았네."

하이엘바인은 투정부리는 아이를 바라보는 어른의 미소를 지었다.

"이야기해 보게. 내가 해결해 줄 수 있는 문제였으면 좋겠군."

"간단한 문제예요."

지크의 기세가 조금 살아났다.

"제가 지금보다 더 강해질 수 있는 방법을 알고 싶어요!"

그가 고민을 털어놓자 하이엘바인의 두 눈썹이 각각 움직여 묘한 각도의 곡선을 만들었다.

"노력을 하게."

"해도 안 되니까 그렇죠!"

"흠."

하이엘바인은 귀찮음에 신음하듯 한숨을 지었다.

"그렇다면 우선 이론적으로 따져보도록 하지."

"예!"

지크의 기대감 속에, 하이엘바인이 검지를 펴 하늘을 가리켰다.

"자네는 바람을 통제하는 힘을 갖고 있네. 그리고 바람은 일반인들의 눈에 보이지 않지만 이 세상을 유지시키기 위해 저 하늘 속에서 무수히 불고 있지. 바람은 저 하늘의 작은 일부이자 하늘 그 자체라네."

"음······."

"대기가 뜨거움과 차가움 사이를 오가는 현상이 바람인

데, 그것만 놓고 보자면 바람은 빛이나 어둠과 달리 스스로 뭔가를 할 수 없는 유약한 힘이라고 할 수 있다네. 그만큼 한계가 뚜렷하지."

한계라는 그녀의 말은 지크를 상당히 자극시켰다.

"그렇다면 저는 여기서 더 강해질 수 없는 건가요?"

"좋은 질문일세."

하이엘바인이 웃었다.

"아마도 자네는 바람의 힘을 가진 자가 도달할 수 있는 최고의 단계에 접어들었을 것이네. 내가 느끼는 바람의 한계점과 자네가 발휘하는 바람의 한계점이 거의 일치하지. 그래서 더 이상 강해지지 못하는 것일 게야."

"예?"

지크는 덜커덕 겁이 났다.

"그럼 무슨 수를 써도 소용이 없다는 건가요?"

"하이볼크가 정해놓은 바람의 한계이니 어쩔 수가 없네. 오딘님도, 나도 그 부분만큼은 도와줄 수 없네."

지크는 허무했다.

따져봤을 때, 그는 상당히 강한 축에 속한다고 볼 수 있다.

생물에 국한된 범위 내에서 그보다 강한 존재는 결코 많다고 볼 수 없다.

하지만 최근처럼 일정 크기 이상의 사건이 벌어지는 경우 그는 일반인이나 다름없는 취급을 받을 때가 있다.

나타난 적에게 대응하지 못하는 순간부터 사망이나 인질 같은 굴욕적인 상황을 두려워해야 하는 존재가 되니 지크 자신이 받는 스트레스는 상당했다.

하이엘바인의 답변은 그 스트레스가 영원히 지속된다는 말이나 다름없었다.

'뭐야, 빌어먹을!'

그는 내심 욕을 하며 화를 냈으나 달라지는 것은 아무것도 없었다.

하이엘바인은 위로하듯 그의 곁으로 다가와 어깨를 두드려 주었다.

지크는 그게 더 싫었다.

"좀 더 확실히 가르쳐 주세요!"

지크가 강력하게 요구했다

하이엘바인은 그가 덤비려는 기세를 보이자 좀 당황했다.

"무슨 소리인가?"

"머리로는 잘 모르겠거든요? 바람의 한계가 대체 뭔지 좀 가르쳐 주세요!"

지크는 필사적이었다.

어느 정도 미래가 결정된 환자가 의사 앞에서 건강미를 뽐내는 것과 비슷한 상황이었다.

"아닐세. 자네는 이미 알고 있네."

그녀가 말했다.

부들부들 떨리던 지크의 어깨가 우뚝 멈췄다.

"난 그에 대한 확인을 해준 것뿐일세."

"그래도 모르겠다고요! 한계에 도달한 바람이라는 게 대체 뭔지 아무도 얘기해 준 적이 없어요! 그리고 그게 어느 정도나 쓸모없는 건지 알려준 사람도 없고요!"

"흠."

하이엘바인은 느슨하게 팔짱을 꼈다.

"그래서, 나를 통해 지금 자신의 한계를 알고 싶단 말인가?"

"여자에게 주먹질하는 건 성격에 안 맞지만……."

지크가 땅에 내려와 자기 자신에 대한 시험의 준비를 했다.

"지금 저는 필사적이라고요!"

지크의 포효가 숲을 흔들었다.

그의 눈앞에서 섬광이 번뜩였다.

작고도 딱딱해 보이는 하이엘바인의 주먹이 지크의 코앞에 멈춰 있었다.

하이엘바인의 주먹이 얼마나 빨리 자신에게 들어왔는지 계산하지 못한 지크는 뭔가 이상하다고 생각했다.

'뭔가 확 와 닿아야 하는데?'

적어도 주먹이 일으킨 바람이 얼굴에 불어 닥쳐야 했다.

지크는 문득 하이엘바인의 뒤편을 봤다.

"아… 아아!"

큰 회오리바람이 지렁이처럼 땅에 누워 자신과 하이엘바인을 향해 돌진해 오고 있었다.

하이엘바인을 그냥 지나친 바람은 지크를 몸 속에 넣은 채 숲의 나무들과 흙, 바위들을 끌어당기며 한참 동안 전진했다.

"으아아아아!"

지크는 그 거센 기류 속에서 비명을 질렀다.

하이엘바인이 주먹을 뒤로 당기자 회오리바람도 사라졌다.

지크는 한참 빙글빙글 돌다가 하늘로 솟구치고는 하이엘바인 앞에 떨어졌다.

코끝만 보일 정도로 땅에 파고든 지크는 온몸 깊숙이 박혀오는 통증과 정신적인 충격으로 인해 꼼짝도 할 수 없었다.

"자, 어떤가?"

하이엘바인이 지크의 머리맡에 쪼그려 앉았다.

"이것이 아스가르드의 바람일세. 자네를 죽일 생각이 없었으니 여기서 그친 게야."

"……"

"그럼 이제 하이볼크의 바람을 나에게 보여주게."

"그러죠!"

다시 일어난 지크의 몸에서 큰 풍압이 일어났다.

그로 인해 밀려난 꽃잎들이 지크와 하이엘바인 사이를 계곡물처럼 날래게 흘러갔다.

지크의 오른손에 회오리바람이 맺혔다.

"갑니다!"

지크의 격렬한 바람과 하이엘바인의 손바닥에 맺힌 부드러운 바람이 충돌했다.

성격이 다른 두 바람이 서로를 밀어내기 위해 안간힘을 쓰는 가운데, 하이엘바인이 지크의 눈을 보며 씩 웃었다.

"자네는 하이볼크가 쥐어준 바람을 자네 식대로 휘두르는 것에 불과하다네."

뒤로 잠깐 물러난 하이엘바인이 돌아서며 왼쪽 주먹을 휘둘렀다.

손등 역시 보기에는 소녀들의 것과 다를 바 없었으나 그 기세와 팔의 각도, 속도, 그리고 기술은 지크가 맨손으로 상대했던 그 어떤 적들의 주먹보다 위협적이었다.

그는 과거 불의 별에서 그녀에게 엉망으로 얻어맞았던 때를 떠올렸다.

'구경만 하면 어쩌자는 거야!'

지크 역시 왼쪽 주먹으로 맞섰다.

주먹끼리 부딪치자 숲을 둘로 가를 기세의 기류가 일어났다.

숲의 모든 동물들이 열심히 도망치는 한편, 이번에는 둘의 발차기가 엇갈리듯 충돌했다.

"윽!"

눈을 부릅뜬 지크가 고무줄을 타는 소녀들처럼 정강이를 잡은 채 껑충껑충 뛰었다.

하이엘바인이 흠칫 놀랐다.

"아, 괜찮나? 정말 아팠겠군."

"으윽, 괜찮아요."

하지만 지크는 정강이에서 손을 떼지 못했다.

하이엘바인은 한숨과 함께 팔짱을 꼈다.

"주먹에 바람을 싣는 것은 잘 하더니 다리는 좀 그렇군. 아무래도 지금은 한계에 대해 말할 단계조차 아닌 것 같네만……."

하이엘바인의 말이 도중에 끊겼다.

진공의 칼날을 끝에 맺은 지크의 돌려차기가 나무들을 자르며 하이엘바인에게 향했다.

"그래, 잠시 잊었군. 자네는 성격이 급했어."

하이엘바인이 상대에 맞서서 오른쪽 다리를 쭉 찢듯 시원하게 뻗었다.

신장의 차이는 굳이 단위까지 등장할 필요도 없이 지크가 위였다.

머리가 하나 반 이상 차이가 날 뿐더러 다리 길이 역시 당연히 지크가 더 길었다.

그런 상대가 바람을 칼날처럼 다루면서 들어오는데, 신체 조건에서 뒤떨어지는 하이엘바인이 똑같은 방식으로 대응할 이유는 전혀 없었다.

그녀가 옆으로 밀듯이 지크를 찼다.

지크에게 발끝이 직접 닿을 거리는 아니었지만 그 대신 공기가 뭉쳐서 큰 망치처럼 지크를 때렸다.

온몸에 충격을 받은 지크가 허우적거리며 뒤로 밀려났다.

"으아아악!"

그가 공기의 망치에 맞은 충격에서 헤어나오지 못하는 한편, 하이엘바인은 산보를 하듯 즐겁게 그에게 다가왔다.

'이건 좀 아니잖아!'

저항하려 했지만 충격이 쉽게 가시지 않았다.

하이엘바인은 지크의 복부를 발로 찬 뒤 장대로 빨래를 들어 올리듯 그를 발끝에 얹은 채 들었다.

"자신의 힘을 자유롭게 쓰는 건 좋지만 효율적으로 쓰는 것도 중요하다네."

하이엘바인의 발밑을 중심으로 큰 분화구처럼 땅이 파였다.

지형을 변화시킬 만큼 강력한 충격이 지크의 복부를 통과하여 하늘까지 닿았다.

"허억!"

지크가 하이엘바인의 발로부터 조금 떠올랐다.

그를 관통한 충격은 하늘에 얇게 깔린 구름을 원형으로 멀찌감치 밀어냈다.

천둥소리와 함께 지크가 다시 땅에 떨어졌다.

하이엘바인은 부르르 떨리는 지크의 팔을 봤다.

자존심에 상처를 입은 그 청년은 그렇게 소리없이 자신에게 화를 내고 있었다.

"진정하게."

하이엘바인이 타이르듯 말했다.

"한계에 달한 힘을 적절히 사용하면 얼마든지 발전시킬 수 있다네. 인간들은 신이 가르쳐 주지 않아도 나무에서 바퀴를 만들고, 그 바퀴라는 개념 하나로 온갖 물건을 만들어 냈지. 자네 역시 누가 가르쳐 주지 않아도 자네의 힘을 훌륭하게 발전시킬 수 있다네."

지크가 비틀비틀 일어났다.

"그런 말은 항상 들어왔다고요."

그는 호흡을 조절하고 몸에 쌓인 피로를 제거하여 자신을 여태껏 괴롭히고 있는 신체적 충격을 완화시켰다.

"바람의 한계도 한계지만… 재능의 문제 아닐까요?"

"재능?"

"남을 볼 때면 이런 생각이 들 때가 많아요. 어떻게 저렇게 할 수 있지? 난 왜 저렇게 싸울 생각을 못했을까? 이게 재능의 차이가 아니고 뭐란 말이죠?"

"음, 창의력은 분명 중요하다네."

그 전설적인 은색 머리의 발키리는 손을 내밀어 지크의 머리와 옷에 묻은 흙을 털어주었다.

"하지만 자네들은 이미 창의력이라는 개념 위에 서 있는 자들이 아닌가? 바람의 한계라는 것도 그와 다를 바가 없네. 그러니 듣게."

지크는 집중하여 하이엘바인의 말을 경청했다.

*　　　*　　　*

하이엘바인과 지크가 돌아온 뒤, 황금여우 왕국에서 리오 일행이 먹는 마지막 아침식사가 조용히 시작됐다.

리오는 식사 도중 하이엘바인과 지크를 곁눈질로 몇 번씩 확인했다.

하이엘바인은 확실히 식사량이 줄었다.

접시 위에 담는 음식들의 수가 루이체의 것과 비슷했고 육류 일변이던 것과 달리 야채가 절반을 넘었다.

'예전 모습을 교신기에 담아둘 걸 그랬나?'

리오는 내심 아쉬워했다.

더불어 여자가 뭔가를 우걱우걱 먹어치우는 모습에 정감을 느꼈던 자신의 취향에 놀랐다.

반면 지크는 미친 듯이 음식을 먹고 있었다.

어제 저녁까지만 해도 우울하게 식사하던 그가 지금은 며칠간 체중 조절을 위해 식사를 자제하다가 폭식을 하는 사람처럼 마구 먹어댔다.

혹시라도 하이엘바인이 먹지 않을까 하여 쌓아놨던 고기를 그가 거의 먹어치우자 루이체와 케롤도 경악했다.

"왜 그래?"

루이체가 그를 불렀다.

"응?"

입가에 음식 부스러기와 소스를 잔뜩 묻힌 지크가 루이체를 돌아봤다.

인상을 찡그린 루이체는 자신의 무릎에 깔아두었던 냅킨으로 그의 입가를 북북 닦아주었다.

"뭐야, 어린애처럼? 무슨 일 있었어? 왜 갑자기 신들린 사람처럼 먹는 거야?"

"별거 없어."

지크가 다시 먹기 시작했다.

"여태껏 계속 안 좋은 일만 있었잖아? 슈렌 문제부터 시작해서 말이야."

"그렇지."

리오가 지크의 말에 중얼거리듯이 대답했다. 표정은 그 가라앉은 목소리만큼이나 어두웠다.

그는 식사할 때, 특히나 아침식사를 할 때 나쁜 이야기가 오가는 것을 매우 싫어했다.

며칠 밤낮을 새도 문제가 없는 그였지만 그에게 남아 있는 생물의 습관상 아침은 무조건 시작 지점이었다.

그런데 그 시작 지점에서 심각한 이야기가 나온다면 그 날이 끝나는 순간까지 그에 대해 고민할 수밖에 없을 것이다.

그것이 풀기 쉽지 않은 문제라면 더욱 그랬다.

하지만 지금처럼 '맞서야만 하는' 문제의 경우는 달랐다.

"슈렌의 존재 자체가 완전히 분쇄됐지. 재생과 부활이 의미가 없을 정도로 말이야. 맞나?"

리오가 루이체에게 묻듯이 말했다.

"응? 으, 응. 맞아."

루이체는 급히 둘러대는 투로 대답했다.

리오는 그런 동생의 머리를 만져주며 이어서 말했다.

"남은 것은 슈렌이라는 존재 속에서 키워지던 힘, 그리고 우리가 가진 슈렌과의 추억뿐이야. 이건 슈렌뿐만 아니라 우리에게 적용된 불사의 법칙 자체가 깨진 대사건이라고 볼 수 있지."

리오의 말이 끝나자 조용히 식사를 하던 케롤이 씹는 것을 멈추고 그를 봤다.

"지금 뭐라고 하셨나요?"

"아, 넌 몰랐나?"

리오가 쓴웃음을 지었다.

"나도 몰랐다네!"

하이엘바인 역시 놀라서 펄쩍 뛰듯 소리쳤다.

"슈렌이라는 자는 자네들의 형제이자 같은 감찰부의 현장직원이 아닌가? 그런데 분쇄가 되고 하이볼크가 만든 법칙이 깨지다니, 대체 무슨 말인가?"

"그랬다는 사실만이 남아 있는 수수께끼죠."

리오가 대답했다.

이후 앞에 차려진 음식을 포크로 몇 번 찌르기만 한 그는 이윽고 포크를 탁자 위에 내려놓았다.

"사건이 일어난 것은 하이엘바인님께서 우리 광역감찰부에 방문을 하시기 얼마 전이었습니다. 렘런트였을 것으로 추정되는 존재를 쫓던 슈렌의 영혼이 완전히 와해된 채 슈렌이 갖고 있던 힘만이 주신계로 되돌아와 버린 것입니다."

천막 안의 분위기가 완전히 냉각되었다.

리오는 그 속에서 이야기를 계속했다.

"처음에는 명계 쪽에서 실수를 한 게 아닐까 생각했습니다. 저희들의 경우 사망을 하게 되면 일단 영혼은 다른 생물들과 마찬가지로 명계로 가게 되기 때문에 영혼의 행방은 그쪽이 전담하게 되지요."

"그쪽에서 정말 장난을 친 건가? 이쪽의 명계는, 그러니까 저승은 악신계의 수장인 아롤의 아래에 있지 않나?"

하이엘바인이 조금 급한 어조로 물었다.

"아닙니다. 명계는 악신계에 속했으면서도 하데스의 관리하에 중립적이고 공정하게 유지되기 때문에 하이엘바인님께서 말씀하시는 장난이 쉽게 통하지는 않습니다. 물론 그래도 모르는 일이기 때문에 주신계 쪽에서 조사를 했지요. 그 결과 슈렌의 영혼이 완전히 와해되고 하이볼크님이 저희들에게 적용하는 모든 법칙들이 전부 분쇄된 것으로 결론지어졌습니다."

리오의 설명은 혼란에 빠진 케롤을 광적으로 흥분시켰다.

"그건 슈렌님이, 슈리메이어 반 스나이퍼님이 영원히 부활할 수 없다는 말씀인가요?"

"슈렌 그 자체를 다시 만드는 것은 가능해. 하지만 힘과 외모만 같을 뿐, 기억을 갖지 못한 껍데기에 불과해서 그다지 의미는 없지."

리오는 웃었다. 케롤은 그 미소가 대단히 아프다고 생각했다.

보는 것만으로도 감정이입을 당해 실제로 통증을 느낄 정도였기 때문이다.

그 사건 때문에 자책감과 자괴감에 빠져 허송세월을 보냈던 지크는 리오의 이야기가 멈추자 탁자 밑에서 주먹을 힘주어 쥐었다.

루이체도 울지만 않았을 뿐, 앞니 사이에 깨문 아랫입술을 놓지 않았다.

"내가 해야 하는 일은 최대한 냉정하게, 그리고 은밀하게 슈렌이 하던 일을 이어받는 것이었어. 각 세계에 남겨진 렘런트들의 흔적을 쫓고 쫓은 끝에 이 세계에 왔지. 하이엘바인님도 다시 만났고."

마지막 말은 이제 의미가 없어진 '수습요원' 일과 관련하여 던진 농담이었다.

그 농담은 하이엘바인의 가슴에 비수처럼 꽂혔다.

"그러한 사정이 있었다면 미리 말하지 그랬나? 그랬다면 나 스스로 알아서 주신계로 돌아갔을 터인데?"

"그 주신계에서 일부러 하이엘바인님을 저에게 보낸 겁니다."

리오가 지적했다. 여태까지 몇 번이나 했던 이야기였지만 하이엘바인이 느끼는 충격은 새로웠다.

"제가 렘런트에 대한, 아니, 이 사건에 대한 큰 단서를 잡을 때까지 기다리고 있다가 수습요원 파견이라는 일을 저질렀다고 봐야겠지요. 아무래도 이번 일이 하이엘바인님과 크게 관련되어 있음을 파악하고 있었던 것 같습니다."

"못된 자들이군."

하이엘바인은 실망하여 한탄했다. 상부의 그런 '못된 짓'을 몇 번이나 겪어왔던 기억이 있는 리오는 쓴웃음으로 대답을 대신했다.

"저기요, 리오님."

케롤은 여태까지 이어진 말을 도저히 믿지 못하겠다는 투로 고개를 저으며 그를 불렀다.

"슈렌님에 대해 다시 거론해서 죄송한데요, 하이볼크님의 법칙까지 분쇄하면서 슈렌님을 사냥할 만큼 강력한 존재가 존재할 수 있긴 한가요? 만약 존재한다면 큰일이잖아요?"

"그건 나야말로 알고 싶은 일이야."

리오가 오른손으로 자신의 가슴을 조용히 두드렸다.

"그러한 존재가 정말 존재한다면, 여태까지 내가 겪은 수많은 일의 흐름들에 비춰봤을 때 그 대단한 녀석들이 이 사건의 종점에 존재할 가능성이 커. 하지만 너무 대단해서 도저히 파악할 수가 없지. 제길, 답답하단 말이야!"

"으……."

그의 언성이 올라가자 케롤이 위축됐다.

리오는 가슴을 두드리던 손으로 얼굴을 쓸어내리며 감정을 진정시켰다.

"난 그 대단한 녀석들이 렘런트라는 놈들, 혹은 네오 올림포스라는 놈들일 거라 생각했지만 아무리 생각해도 둘 다 아닌 것 같아. 네오 올림포스는 날 명계로 보낼 뻔했을 뿐 슈렌처럼 만들지는 못했다고. 어제 나타났던 그 석상 역시 그랬지."

그는 얼굴을 손에 쥔 채 고개를 저었다.

"도저히 감이 잡히지 않아."

절망감마저 느껴지는 목소리였다.

하이엘바인은 답답해하는 리오를 보며 어떤 존재를 떠올렸다.

'그 녀석이군.'

감적색 두건과 망토, 그리고 가면으로 자신을 철저히 감춘 채 그녀에게 거래를 제안한 존재, 비숍이었다.

비숍이라는 이름을 직접 들은 적이 없는 하이엘바인은 그를 그냥 '가면'이라는 단순한 명칭으로 확실히 기억해 두고 있었다.

그녀는 어제 비숍과의 거래를 통해 힘을 되찾은 뒤 그가 헌터라고 부르는 정체불명의 석상을 쓰러뜨렸다.

거래의 대가는 비숍의 정체를 다른 이들에게 발설하지 않는 것, 단 하나였다.

비숍 자신은 발설을 해도 그다지 상관없다는 말을 했으나 그는 하이엘바인이 쉽사리 그 조건을 깨지 못할 것이라는 사실을 그녀 자신보다 명확하게 알고 있었다.

그리고 그녀는 이번에도 비숍에 대한 이야기를 하지 못했다.

그녀는 비숍과 거래를 하기 바로 전에 비숍에 대한 목격 사실을 리오에게 알렸다.

하지만 리오는 시간 조작이 불가능에 가깝다는 이야기를 하여 그녀의 말을 반쯤 부정했다.

그때 기분이 상한 것도 그녀의 입을 막는 한 가지 원인이 었다.

유치하다고 해도 과언이 아닌 감정이 다분히 섞인 문제였으나 그 문제는 이상할 만큼 그녀의 심리에 크게 작용하고 있었다.

"음."

리오의 성대에서 저음이 나왔다. 분위기를 바꾸겠다는 신호와도 같았다.

"얘기가 좀 길어졌는데, 정말 슈렌 문제 때문에 식욕이 좋아진 거야?"

"그것도 있고."

지크가 다시 음식을 입에 물었다.

"그냥 열심히 하려는 것뿐이야."

그 말을 끝으로 지크는 식사에 열중했다.

리오는 루이체, 케롤, 하이엘바인 순으로 시선을 맞췄다.

무슨 소리냐고 묻는 의도였는데, 하이엘바인만이 뿌듯한 미소를 지어 리오를 더욱 혼란케 했다.

아까 숲에서 지크가 가진 바람의 한계에 대해 말해준 그 다음, 하이엘바인은 지크의 어깨를 두드리며 말했다.

"하지만 바람의 한계일 뿐, 자네의 한계가 아닐세."

그러면서 그녀는 손으로 하늘을 가리켰다.

"하늘은, 천공은 수많은 바람을 품에 안은 무한한 존재일세. 저것이 자네일지 누가 아나?"

그 말은 지크의 가슴속에서 조용히 식어가던 투지의 심지를 되살렸다.

리오는 활기차게 식사를 하는 지크를 오랫동안 지켜본 후 자기 자신도 힘을 내어 포크와 나이프를 움직였다.

＊　　　＊　　　＊

황금여우 왕국을 떠난 리오 일행은 블랙테일의 주둔지를 향해 이동했다.

오늘 내로 이 세계를 떠날 카이리에게 루이체를 맡기기 위해서였다.

비행을 통해 움직이는 동안 하이엘바인은 그녀 나름대로의 경험을 토대로 비숍에 대해 생각해 봤다.

'신계의 절대규칙 중 하나인 시간대를 조작하는 이상 하이볼크가 정한 규칙을 깨는 것도 문제는 아니겠지.'

규칙의 분쇄가 뜻하는 심각성은 리오뿐만 아니라 하이볼크까지도 경계하고 있을 것이다.

그것은 하이볼크가 창조한 모든 것을 붕괴시킬 수도 있다는 이야기와 같기 때문이다.

'그렇다면 그 가면은 대체 어떤 존재지? 신인가? 아냐, 그럴 리 없어.'

그녀는 그 가능성을 곧바로 부정했다.

'하이볼크가 행동과 생각을 읽을 수 없는 신은 아롤과 제흡, 브리간트, 그리고 오딘님이나 하데스 같은 옛 신들 뿐, 신계 반란 이후 태어난 신들은 철저하게 통제되고 있을 거야.'

그녀의 의문은 다시 제자리로 돌아왔다.

'신도 아니라면?'

그녀는 비숍이 말했던 것들을 머릿속에서 되살려 봤다.

'그 가면은 헌터라는 존재가 외부세계에서 왔다고 했어. 외부세계란 뭐지? 오딘님께도 들은 바가 없는데?'

하이엘바인은 모르는 것에 대한 해결책 중 가장 빠른 방법을 동원하기로 했다.

"이보게, 리오."

리오는 그녀의 앞쪽에서 팔짱을 낀 채 옆으로 누운 자세로 이동하고 있었다.

결계로 공기의 저항을 이겨내고 있는 덕분에 그의 붉은 장발은 휘날리지 않고 온순하게 가라앉아 있었다.

"말씀하십시오, 하이엘바인님."

부름을 받은 리오는 벽에 등을 댄 듯한 자세를 취하고 그녀 쪽으로 돌아섰다.

물론 이동 방향은 그대로 유지했다.

"혹시 외부세계라는 것에 대해 들어본 일이 있나?"

리오는 숨을 세 번 정도 내쉴 시간 동안 그녀를 응시했다.

"어떤 외부를 말씀하시는 것인지……?"

"음… 그러니까, 이곳 말고 다른 공간을 말하는 외부가 아니라 하이볼크조차 모르는 바깥세계를 의미한다네."

"흠, 들어본 적이 없습니다."

리오는 고개를 흔들었다.

"어디서 그런 말씀을 들으셨습니까?"

역으로 그가 물었다.

"응? 음… 그러니까……."

생각지 못한 역습에 하이엘바인은 당황했다.

한참 뜸을 들인 끝에 그녀는 리오 일행과 함께 하며 배워버린 나쁜 기술을 사용했다.

"치, 친구일세! 하하하!"

"그렇군요."

리오는 일단 미소로 그녀의 분위기를 맞춰주었다.

하지만 속으로는 의문과 더불어 그녀에게 좋지 않은 일이 있었을지도 모른다는 것을 직감했다.

'친구라니, 이상한 말씀을 하시는군.'

깊게 생각할 필요도 없이 그녀의 둘러댐은 어린애도 속이기 힘든 수준이었다.

"저는 들은 적 있어요."

케롤이 리오와 하이엘바인 사이를 가르듯 비행하면서 말했다.

"들은 적이 있다고?"

리오는 상당히 놀랐다.

"그럼요. 잊으셨나요? 저는 디아블로님을 모시는 직속부대들 중 하나를 이끄는 자예요. 그리고 주된 임무는 정보 수집이지요. 어지간한 소문과 정보는 거의 다 제 귓속으로 들어온답니다."

케롤이 안경을 만지며 윙크했다.

"그럼 그에 대한 이야기를 듣고 싶군."

"외부세계요?"

"그래. 비록 소문이라 해도 그게 과연 어떤 건지 궁금해서 말이야."

케롤이 리오의 청을 거절할 리가 없었다.

"제가 들은 것만 말씀드리자면, 외부세계란 하이엘바인님께서 말씀하셨던 것처럼 현재 존재하는 모든 세계와 전혀 관계없는 다른 장소라고 하더군요. 공간 이동 능력으로는 그곳에 도달할 수가 없고 뭔가 특별한 수단을 사용해야만 그곳에 갈 수 있나 봐요."

"공간 이동 능력으로 갈 수 없다고?"

"공간 이동에 필요한 최대 전제 조건이 바로 '어디에서 어디로' 잖아요? 그곳은 하이볼크님이 설정한 법칙으로부터 독립된 장소이기 때문에 도착에 필요한 좌표를 설정할 수가 없죠."

"흠."

리오가 고개를 갸웃했다.

"정말 소문만 들으신 게 맞아요? 흘러가는 소문치고는 너무 자세하게 아시는 것 같은데요?"

루이체가 시비 걸듯이 물었다.

"웃훙."

케롤이 특유의 코웃음 소리를 냈다.

"실은 제가 직접 캐낸 이야기는 아니에요. 이건 제가 태어나기 한참 전의 일인데요, 주신계에서 우리 악신계와 선신계 모르게 인간의 어떤 죄를 오랫동안 방치했다는 이야기가 돌았다는군요."

"인간의 어떤 죄요?"

루이체가 질문했다.

"세 개의 방주라고 하던데… 자세한 건 모르겠어요. 그때
부터 전무후무한 첩보전이 벌어졌는데, 결국 그 누구도 확
실한 증거는 잡지 못했고 일은 시간이 흘러가면서 그냥 무
의미해졌죠. 당시의 기록만 봐서는 주신계의 은폐가 성공
적이었던 것 같지만요."

"그럼 그 외부세계에도 생물이 살고 있나?"

하이엘바인의 호기심이 발동했다.

"들은 바는 없지만, 혹시나 있다 하더라도 형태는 다르겠
죠. 이쪽 신계에서 사용되는 생명체 관련 정보가 그쪽과 동
일할 수는 없으니까요."

그렇게 이야기한 뒤 케롤은 팔짱을 단단히 꼈다.

"혹시 어제 나타난 그 석상 때문에 그러시나요?"

"그렇다네. 그 석상에 대해 아는 자가 아무도 없지 않았
나?"

"그, 그렇긴 하네요."

모두가 서로를 한 번씩 차례로 쳐다봤다.

"어, 그럼 어제 그 석상이 외계인이란 소리야?"

지크가 웃으며 반 농담 식으로 말했다.

"외계인이요?"

"그래, 외계인. 내가 살던 세계에는 지구 밖에 살고 있는 생명체에 대한 이야기가 엄청나게 많았어. 무조건적으로 인간을 적대하는 외계인부터 착한 외계인까지, 종류도 다양했지."

"아, 지크님의 세계에 대해서는 저도 들었어요. 오직 그 세계의 인간만이 대기를 벗어날 수 있는 기술력을 갖고 있다지요? 아무튼 외계인이라, 재밌네요."

진심으로 흥미를 느낀 케롤은 자신의 턱 밑을 엄지로 쓰다듬었다.

"어제 나타난 그 석상이 지크님의 말씀대로 외계인이면 정말 무섭겠네요. 이 세계만 하더라도 오로지 인간들의 수만 추리면 10억에 가까운데, 그런 녀석이 10억이나 있으면 정말……. 하하, 마음먹고 침략을 해온다면 난리가 나겠네요."

"그렇군. 하하."

케롤과 마주보며 웃었던 하이엘바인은 비숍에 대해 다시 생각해 봤다.

'그 가면을 쓴 자도 외부세계에서 온 자인가?'

생각을 길게 해봐도 답이 나오지 않는 의문이 계속 이어질 뿐이었다.

하이엘바인은 답답함 속에 긴 숨을 내쉬었다.

그 적나라한 고민의 과시가 리오를 포함한 모두의 걱정을 그녀에게 쏠리도록 만들었다.

잠시 후, 특별한 사건 없이 블랙테일의 주둔지에 도착한 일행은 주둔지를 보호하는 결계와 마주했다.

결계 밖에서 대기하고 있던 카이리의 부하가 그들을 맞이했다.

"어서 오십시오, 하이엘바인님. 아스가르드의 위대한 후예이시여. 리오님을 비롯한 다른 분들도 환영합니다."

그 젊은 블랙테일의 청년은 미리 카이리에게 들었던 주의사항에 따라 하이엘바인에게 먼저 인사말을 건넸다.

"만나서 반갑네, 젊은 전사여. 족장께선 안에 계신가?"

"하이엘바인님과 여러분을 기다리고 계십니다. 제가 안내해 드리겠습니다."

청년은 손에 들고 있던 기계장치를 조작했다. 아무것도 없는 허공에 주둔지가 훤히 보이는 출입구가 열렸다.

리오는 철수 작업이 한창인 주둔지의 건물 이곳저곳이 망가진 것을 보고 고개를 끄덕거렸다.

"저번에 너희들이 방문했던 흔적이로군."

케롤과 루이체의 표정이 이상해졌다.

"주신계에서 사과의 의미로 수리 비용을 내고 싶은데, 괜찮겠나?"

리오의 말에 청년은 밋밋하게 웃었다.

"블랙테일은 영수증을 끊어드릴 만큼 공개적인 집단이
아닙니다."

"아, 실례."

"하하, 들어가시지요."

청년은 모두를 주둔지 안으로 인도했다.

결계의 출입구는 모두가 통과한 직후에 단단히 닫혀 그
흔적을 지웠다.

흙먼지만이 돌아다니던 결계 주변의 암석들 사이에서 공
간의 왜곡이 일어났다.

그 기습적인 왜곡이 사라진 뒤 나타난 것은 갖가지 무늬
가 새겨진 가면을 쓴 감적색 두건의 존재들이었다.

수는 정확히 스물일곱 명.

그들 모두가 까마귀 떼처럼 똑같은 자세로 바위 위에 앉
아 블랙테일의 결계를 쳐다봤다.

"예상대로 녀석들이 도착했군."

곤충의 머리 모양 무늬를 가면 한가운데에 새긴 자가 먼
저 말했다.

"예측대로라면 하이엘바인과 리오, 지크 스나이퍼, 케롤
라흐 람 트리비터만이 이곳을 벗어날 거야."

다른 무늬의 가면을 쓴 자가 이어서 말했다.

"적어도 하이엘바인과 리오는 떠난다. 니블헤임으로."

"녀석들은 이미 소멸된 로키와 빈 껍데기가 된 니블헤임의 상황을 파악하기 위해 그곳에 머물겠지. 지금까지 파악된 녀석들의 행동 습성을 봤을 때 틀림없어."

"남들 시간 벌어주기에 좋은 습성이군."

그들이 일제히 키득거렸다.

"하이엘바인이 떠나는 것을 확인하는 즉시 작전을 개시한다. 일부러 지진까지 일으켜서 시간을 벌어놨으니 잘 활용해야 해."

한 명씩 차례로 돌아가던 발언이 다시 곤충 머리 무늬의 가면에게로 돌아왔다.

"우선 카이리 블랙테일을 집중 공격하여 처리한다. 이어서 루이체라는 계집을 제외한 모두를 처리하고 우리도 즉시 이탈하는 거야. 혹시라도 그 계집이 치명상을 입지 않도록 주의해."

그의 곁에 있던 다른 가면의 존재가 고개를 돌려 그를 봤다.

"이탈한 직후 휀 라디언트를 처리하러 간 자들과 합류하면 되나?"

곤충 무늬 가면은 시큰둥하게 고개를 갸웃거렸다.

"솔직히 말해서 그럴 수고를 할 필요가 있을지 모르겠군. 우리가 일을 마쳤을 때 휀 라디언트는 이미 처리된 뒤일 텐데? 그쪽에 투입된 인원은 마흔 명이 넘어."

"잊지 마. 휀 라디언트는 오비탈 드라이브라는 큰 변수를 갖고 있어."

뒤에 있던 자가 조언했다.

"상쇄 작용 말인가?"

"그에 대한 힌트를 조금이라도 주면 위험해지겠지. 많은 인원이 투입된 만큼 상쇄 작용에 대한 사실이 밝혀질 확률도 그만큼 올라가는 거야."

"그 위험을 감소시킬 방법이 대량의 인원이라니, 괴이한 모순이로군."

또 다른 가면이 말했다.

"후후."

곤충의 가면을 쓴 자가 웃었다.

"아무튼 놀랍군. 우리가 대체 몇 세대 만에 이렇게 많은 인원을 모아서 작전을 하는 건지 기억조차 나지 않아."

그들이 키득거리는 소리가 서서히 번졌다.

"저항은 항상 있었지. 하지만 이번만큼 창의적인 저항은 기억에 없군."

"맞아. 2세대에 걸친 저항은 최초야."

"오딘이 발할라에서 최후의 저항을 할 때 우리가 손을 썼어야 했어."

"아니, 그 전에 녀석이 죽음과 한쪽 눈을 대가로 지식을 얻는다고 할 때 처리했어야 했지. 그것이 오딘으로 하여금 '특이점'이 되도록 한 원인이었으니까."

가면들의 웃음소리가 잦아들었다.

"특이점이 된 후, 오딘은 로키를 자신의 밑에 거느렸지."

"만약 로키의 근본이 거인이 아니라 오딘과 마찬가지로 신이었다면 특이점의 확대는 일어나지 않았을 거야."

"그리고 오딘은 하이엘바인을 창조했지. 우리의 상식마저 아득하게 초월한 최종병기가 만들어진 거야."

"오딘의 입장에서 문제가 있다면 우리의 존재까진 파악했더라도 우리의 규모를 완전히 파악하지는 못했다는 것이겠지."

"우리는 하이볼크의 꿍꿍이를 자세히 파악할 필요가 있어. 지금까지의 흐름으로 볼 때 하이볼크 역시 특이점일 확률이 높거든."

"이번 작전은 그래서 중요해. 분명 무슨 일이 벌어질 거야."

"벌어진다면 큰 전환점이 되겠지."

"조용히 기다려보자."

그들의 가면에 새겨진 온갖 무늬들이 일제히 빛을 냈다.

목소리가 잦아들고 그들의 모습이 사라졌다.

공간의 왜곡이 남긴 흔적 사이로 흙과 모래를 담은 바람이 흘렀다.

*   *   *

블랙테일의 주둔지는 철수를 위한 마무리 단계에 접어들고 있었다.

카이리의 부하들은 어제 사망한 형제들과 전우들을 추모할 틈도 없이 바쁜 몸짓을 계속했다.

주둔지를 둘러본 리오는 매우 의아해했다.

'작업 속도가 너무 느린 것 같은데?'

그가 알고 있는 용족의 능력과 주둔지의 규모를 따진다면 작업은 합류하기 훨씬 전에 끝났어야 하는 것이 옳았다.

"불만이라도 있나?"

카이리가 농담을 하며 그에게 다가왔다.

"별일 아닙니다."

리오는 큼직하게 머리를 흔들었다.

주황색 머리의 카이리는 그를 바라보다가 한숨을 내쉬었다.

"새벽녘에 자잘한 사고가 있었네. 지진이었지."

"지진?"

"그렇다네. 이 지역은 3년에 한 번 꼴로 지진이 일어나는데, 체감만 겨우 할 수 있을 만큼 미약한 수준이기 때문에 여태까지는 무시하고 있었지. 하지만 새벽에 일어난 지진은 좀 강했지. 미리 감지하고 대비했지만 작업 지연을 막진 못했네."

"안타깝군요."

카이리가 말했던 새벽의 지진은 리오도 어렴풋이 감지했기에 의문을 품지는 않았다.

"하지만 지진 때문이라면… 어차피 철수해야 하는 건물들이 아닙니까?"

"건물은 상관없네. 이곳 지하에 있는 우리의 함선 때문이라네. 녀석이 행여나 망가지기라도 하면 우린 선신계의 공간 봉쇄가 풀릴 때까지 이곳에 계속 있어야 하니까 조심할 수밖에 없었지."

그녀가 담배를 물고 그 끝에 불을 붙였다.

"출발은 저녁노을이 지기 전에야 가능할 것 같네."

"그렇게 늦진 않군요."

"빠르지도 않지."

카이리는 리오를 흘끔 봤다.

리오는 표정의 변화가 거의 없었다. 하지만 카이리는 그 얼굴 뒤에서 꿈틀거리고 있는 조급함을 감지했다. 특별한 능력이 아니라 경험자로서의 감이었다.

"쑤밍이 걱정되나?"

"예?"

"감출 필요 없네. 내 부친께서도 내가 다쳤을 때 자네와 똑같은 얼굴을 하고 계셨거든."

"아, 하하."

리오는 웃으며 고개를 저었다.

"단순한 병이 아니니 많이 걱정됩니다."

"그렇겠지. 전례가 없는 일이라 나도 매우 안타깝네."

"파프니르의 침식으로부터 살아남은 유일한 전례 말씀이십니까?"

리오의 질문은 제법 진지했다.

"그렇게 생각 말게."

카이리는 심각하게 고개를 저었다.

"쑤밍은 자네에게 있어서 가족 같은 존재이자 하이엘바인님의 친구야. 난 저 아이를 치료하기 위해 온 힘을 다할 것이네. 그리고 실험 재료로 전락하는 것을 용서하지 않을 것이네."

"죄송합니다. 또 흥분해 버렸습니다."

리오는 진심으로 그녀에게 사과했다.

"괜찮네."

카이리는 자신의 앞에서 고개를 숙인 남자의 등판을 손바닥으로 두드렸다.

한 번 두드릴 때마다 그녀가 문 담배로부터 재가 떨어졌다.

"잘 될 것이네. 쑤밍은 자네가 알다시피 강한 아이가 아닌가? 반드시 다시 일어나서 자네에게 뭔가를 가르쳐 달라고 떼를 부릴 것이네."

"그렇지요. 예, 그럴 겁니다."

리오가 고개를 끄덕였다.

그랬지만 그는 불안했다.

카이리가 말했듯이 파프니르의 침식에 맞서 살아남은 경우는 쑤밍이 처음이며 유일했다.

단 한 마리의 파프니르만으로도 큰 타격을 입을 수 있는 서룡족에서 그녀를 그저 치료만 해줄 리는 없었다.

카이리가 약속을 했지만 사건이 정말 심각한 경우로 치닫는다면 그녀의 입장도 달라질 수 있었다.

그런 걱정이 리오의 마음속에서 양보라는 단어를 극도로 억제시켰다.

"아, 어제 나타난 석상 말일세."

카이리가 분위기 전환을 할 겸 이야기의 방향을 바꿨다.

"자네가 보기에는 어떤 존재인 것 같나?"

"그렇지 않아도 오는 도중에 하이엘바인님과 이야기를 나눠봤습니다."

리오는 내키지 않았지만 방향을 맞춰주기로 했다.

"혹시 카이리님께서는 외부세계에 대해 알고 계십니까?"

"외부세계?"

그녀의 눈동자가 기억을 더듬듯 좌우로 움직였다.

"아, 오래 전에 주신계와 관련해서 각종 소문이 돌았던 그 외부세계 말인가?"

"그렇습니다."

"나도 그것 때문에 꽤 바빴지. 주신계의 은폐 공작이 워낙 심해서 결국 알아낸 것은 아무것도 없었네만 흥미로운 일이었네. 그러고 보니 어제 그 석상이 외부세계에서 왔을 가능성도 있겠군. 그 외부세계라는 것이 정말 존재한다면 말이야."

"정확히 아시는 것은……."

"음. 없네."

농담투로 말한 카이리는 키득거리고는 기도 속의 담배 연기를 옆쪽으로 길게 뺐다.

"확실한 것은 그 석상이 이 세상에 존재하는 생물이 아니며, 행여나 기계라 하더라도 이 세상의 것이 아니라는 사실이네. 그러면서도 우리의 전투 방식을 알고 있었고 대처하는 능력이 대단했지."

"음……."

"자네는 그 석상이 우리를 침공해 왔을 거라 생각하나?"

"그건 아닌 것 같습니다."

"확답하는 이유는?"

"어제의 일을 계속 생각해 봤습니다만 그 석상은 이쪽의 행동에 대한 대응을 했지 먼저 공격한 적은 없었습니다. 또한 표적으로 삼은 것은 파프니르 코어였습니다."

"그래, 자네 말대로야."

카이리는 꺼림칙한 것을 보는 느낌으로 앞쪽을 바라봤다.

특별히 주시하는 것은 없었지만 작업에 열중이던 그녀의 부하들은 그 눈빛을 보고 깜짝 놀랐다.

카이리는 손을 저어서 작업에 신경 쓰라는 말을 대신했다.

블렉테일의 청년들은 그제야 하던 일을 계속했다.

그녀는 단단하면서도 늘씬하게 다져진 팔다리를 몸에 착달라붙는 가죽제 전투복으로 감싸고 있었다.

산발에 가까운 주황색의 머리와 짙은 화장의 얼굴은 전

투복의 검은색과 어우러져 강력한 느낌을 주었다.

카이리의 부하들이 그녀의 그 외모에 압도되어 있는 것
은 아니었다.

그녀는 1만 년에 가까운 세월을 서룡족의 어둠 속에서 살
아왔고 그 과정에서 온갖 경험을 다 해왔다.

위험 요소 제거라는 이유로 동족들을 숙청한 적도 있고
전쟁 중에는 동룡족 민간인들을 학살하기도 했다.

그녀의 그런 경험들이 가끔씩 표정에 섞여 한꺼번에 쏟
아져 나올 때가 있다.

카이리의 부하들은 그때를 가장 싫어한다.

본능적으로 두려워할 수밖에 없는 상황을 즐기고 싶은
자는 얼마 없는 법이었다.

"추운 지방에서 서식하는 동물들은 그 기후에 대응하기
위한 체질을 갖고 있다네. 털가죽과 두꺼운 지방층이 대표
적이지. 우리의 결계 구조를 순식간에 파악해서 공격할 정
도로 강력한 녀석의 그 힘은 대체 무엇에 대응하기 위한 것
일까?"

카이리의 눈초리가 더 매서워졌다.

"내 판단에 결코 우리는 아닌 것 같네."

카이리는 그 말을 통해 '아직 정체가 밝혀지지 않은 무언
가'가 또 있다는 사실을 지적했다.

리오와 카이리의 귀에 잠시 동안 작업의 소음만이 들려
왔다.

"외부세계의 존재가 아니라면 무엇일까요?"

"글쎄? 뭘까?"

말장난 같았지만 카이리는 진지한 얼굴로 리오를 마주봤
다.

리오 역시 진지함 그 자체의 얼굴이었다.

두 사람은 잠시 동안 말없이 바라보다가 카이리가 먼저
아직 멀쩡히 남아 있는 건물 쪽에 시선을 옮겼다.

"답이 안 나오는 대화를 계속 해봤자 시간 낭비이니 자넨
저기 들어가서 쑤밍을 만나게. 의식은 회복했으니 얘기라
도 잘 해주게."

그녀는 툭 떨어뜨린 담배를 전투화 바닥으로 짓이겨 끄
며 웃어 보였다.

"알겠습니다."

카이리가 작업이 느린 부하들을 재촉하기 위해 저편으로
걸어가는 한편, 리오는 필요 이상으로 긴장하고 있던 자신
을 타이르듯 크게 숨을 내뱉고 쑤밍이 있는 곳으로 갔다.

각종 의료 기기가 잔뜩 있는 그 조립식 건물에는 환자 보
호 및 회복용 특수 기구에 누워 있는 쑤밍이 있었다.

그리고 그녀의 곁에는 하이엘바인을 비롯한 모두가 서

있었다.

"스승님."

기운 빠진 얼굴로 다른 사람들과 이야기를 나누던 쑤밍이 힘없이 손을 들어 스승을 맞이했다.

리오는 가까이 다가가서 그녀의 이마를 손으로 짚어주었다.

"너무 건강해 보이는데?"

그의 말에 쑤밍은 어려운 표정을 지었다. 그녀는 스승의 말에 농담인 것을 알면서도 몸이 아픈 나머지 평소에 잘 감추던 섭섭함을 감추지 못했다.

"너, 정말 아프구나."

리오의 목소리가 바뀌었다.

"아프지 말입니다."

쑤밍이 투덜거렸다.

리오는 제자의 그런 낯선 반응을 흥미롭게 지켜보며 약 냄새와 땀 냄새가 섞여든 그녀의 검은색 머리카락을 손으로 정돈해 주었다.

"스승님."

"음, 말해보렴."

"역시 저는 이런 일에 어울리는 아이가 아닌가 봅니다."

온몸에 걸쳐진 통증은 쑤밍에게 정신적인 좌절까지 안겨

주고 있었다.

리오는 그녀가 치료를 받고 일어나면 되는 일이라 생각해 주길 바랐다.

여태까지도 그랬기 때문에 이번에도 그래줄 것이라 여겼다.

그러나 그녀에게도 한계선은 있었다.

파프니르 코어의 침식 시도가 안겨준 공포는 그 한계선을 앞당긴 이유 중에 하나였다.

리오는 지금의 좌절이 어떤 말로써 해결될 리가 없음을 알고 있었다.

"그 생각은 돌아가서 치료를 받으며 다시 해보는 게 좋을 것 같구나."

쑤밍은 말이 없었다.

이윽고 리오가 웃음을 흘렸다.

"사실 그만두라고 하고 싶은데 말이야."

"……"

"위험한 일이고, 또 이렇게 위험을 당했고. 그렇잖아? 널 어렸을 때부터 지켜봐 왔던 내 입장에서는 그렇게밖에 생각 못한단다."

"……"

"혹시 내가 가장 처음에 검을 놓으라고 했던 때를 기억하니?"

"예?"

쑤밍은 잘 떠오르지 않는지 눈을 깜박거리기만 했다.

"말해주면 떠오를 거야. 내가 기억하고 있으니까."

리오는 그녀의 머리에 대고 있던 손을 들어 그녀의 무릎을 짚었다.

"바로 여기야. 넌 그때 무릎을 다쳤지."

그렇게까지 설명해 줬지만 쑤밍은 별 반응이 없었다.

그녀도 답답했다.

스승이 무릎을 직접 가리킬 정도라면 분명 큰 부상일 텐데 기억이 나지 않았다.

곁에 있던 지크가 한참 갸웃거리다가 갑자기 탄성을 질렀다.

"아, 그때 무릎 까진 거? 목검을 악기랍시고 두드리다가 맨바닥에 꽈당 넘어졌지 아마?"

"오, 기억하네?"

리오가 웃었다.

"당연하지. 그때 네가 검에 대한 예절을 모른다며 그만두라고 혼냈잖아."

"하하, 맞아."

웃는 리오와는 반대로 쑤밍의 얼굴은 납빛으로 변했다.

아주 어렸을 때 저질렀던 그 재롱이 트라우마로 변해 그
녀의 머릿속에서 뭉게뭉게 떠오르고 있었다.

"으아아……!"

"음, 너무 창피해할 필요 없어. 사실 난 그때 너에게 매우
미안했고 또 놀랐지. 고작 무릎이 까진 것 정도로 내가 그
렇게 흥분할 줄은 몰랐거든."

그 얘기에 하이엘바인은 어제 그가 쑤밍의 상태를 카이
리에게 상담하며 화를 내던 모습을 떠올렸다.

"조금 시간이 지난 뒤에야 알게 됐지. 그건 바로 걱정이
었어. 그리고 그 걱정은 네가 자라면 자랄수록, 함께 있는
시간이 길어지면 길어질수록 강해지더구나."

"스승님……."

쑤밍은 고개도 돌리지 못하고 훌쩍거렸다.

"그만두라는 말은 어디까지나 걱정이고 또 조언이야. 하
지만 판단은 네 몫이지. 아까 말했던 것처럼 몸이 건강해진
뒤에 다시 생각해 봐. 지금은 좋은 결정을 내리기 힘든 것
같으니까."

"명심하겠지 말입니다."

"그래. 넌 분명히 현명한 결정을 내릴 수 있을 거야."

이후 약 한 시간 가량 담소가 계속됐다.

리오는 끊임없이 제자를 토닥거리며 그녀를 응원해 주었

고 다른 이들 역시 좋은 말로써 그녀에게 용기를 주었다.

이윽고, 리오는 마지막으로 루이체에게 말했다.

"주신계로 돌아가서 보고가 끝나는 대로 쑤밍을 돌봐주도록 해. 절대로 곁에서 떨어지지 마. 누가 뭐라고 하더라도 말이야. 알았지?"

"응?"

리오의 말뜻을 당장 이해하지 못했던 루이체는 무슨 말인가 궁금하여 리오를 쳐다봤다.

하지만 그의 진중한 얼굴을 보고 얼른 그 뜻을 이해했다.

"알았어. 꼭 함께 있을게."

"부탁해."

리오는 영리한 자신의 동생을 어루만져 준 뒤 쑤밍에게 다가가 그녀의 손을 잡아주었다.

"건강해지렴. 최대한 빨리 일을 끝내고 돌아가마."

"예, 스승님."

쑤밍은 통증을 꾹 참고 리오의 손을 꽉 잡았다.

건물 안에 루이체를 남겨놓고 밖으로 나온 리오 일행은 마지막으로 카이리와 인사를 나눴다.

"둘을 잘 부탁드리겠습니다."

리오는 고개를 숙여 그녀에게 청했다.

"걱정하지 말게. 그리고 자네야말로 걱정 말고 힘을 내게. 간절함은 이해하지만 고개까지 그렇게 숙일 필요는 없네. 자네는 내 부하가 아니라 새 친구니까."

카이리가 그를 타일렀다.

"나야말로 하이엘바인님을 부탁하네. 모든 힘을 되찾으셨다지만 아직은 자네의 경험이 필요하실 게야."

"명심하겠습니다."

"음. 그럼 자네들은 이제 니블헤임으로 가는 건가?"

"예. 로키와 담판을 지을 생각입니다."

"그렇군. 일이 잘 되기를 빌지."

그녀는 뒤이어 아쉬운 표정을 지었다.

"내 입장이 있으니 자네들과 다시 만나게 될 날이 언제일지는 모르겠군. 리오만 하더라도 수백 년이 필요했지. 하이엘바인님과는 영겁의 세월이 필요했고."

"적으로만 만나지 않으면 괜찮지 않겠습니까?"

"후후, 그렇지."

카이리는 하이엘바인 앞에 정중히 무릎을 꿇었다.

"아스가르드의 후예이시자 서룡족의 장엄한 역사를 길러주신 분이시여, 이 카이리 블랙테일은 하이엘바인님과의 위대한 만남을 죽는 그 날까지 잊지 않겠습니다."

"음, 아니오. 족장."

하이엘바인은 카이리를 반 억지로 일으켜 세워주었다.

그리고는 깊은 인연을 가진 여성들끼리 포옹을 하듯 그
녀를 꼭 안아주었다.

"그대와 나는 전우고, 전우는 이것으로 족하오. 다시 꼭
만납시다, 족장."

"영광입니다, 하이엘바인님."

카이리의 두 손이 하이엘바인의 등에 닿았다.

다른 이와 다시 만나고 싶다는 생각을 오래간만에 품어
본 카이리는 하이엘바인과 그 일행이 떠나는 길을 직접 배
웅하고 그들의 기척이 사라질 때까지 그들이 간 길을 지켜
보았다.

"이상할 만큼 책임감이 느껴지는군. 이게 얼마 만이지?"

슬쩍 미소 지은 카이리는 주둔지로 돌아와 루이체와 쑤
밍이 있는 의무실로 들어갔다.

쑤밍의 곁에 의자를 가져다놓고 앉아 있던 루이체는 카
이리를 보자마자 자리에서 일어났다.

"아, 족장님."

"음, 편히 앉아라."

카이리는 환자용 음료 기기에 동력을 넣고 각종 버튼을
여기저기 만졌다.

"마실 것은 따뜻한 것이 좋겠느냐, 차가운 것이 좋겠느
냐?"

"예? 아, 따뜻한 것으로……."

루이체가 놀란 나머지 엉겁결에 대답했다.

그 무서운 카이리가 설마 손수 마실 것을 자신에게 주리라고는 생각지 못해서였다.

"그래, 따뜻하고 단 것을 주마."

카이리가 자신감있게 버튼을 눌렀다.

순간 픽 하는 소리와 함께 기계 밖으로 컵이 튀어나갔다.

뒤이어 기계에서 피어오른 흰 연기와 메케한 냄새가 의무실의 환기구 속으로 도망치듯 빨려들어 갔다.

"어흠."

루이체와 쑤밍이 당황하여 쳐다보는 가운데, 카이리가 기침을 했다.

"흠, 이런 가정적인 일에 대한 지식이 없어서 말이다."

그러면서 그녀는 담배에 불을 켰다.

'개념이 없는 거잖아!'

루이체가 속으로 열불을 토했다.

카이리가 장난스럽게 웃었다.

"담배 때문에 그러느냐? 쑤밍은 폐를 다친 게 아니란다."

"……."

"아무튼 드래고니스까지는 내가 책임지고 지켜주마. 쑤밍 역시 법을 어겨서라도 도울 것이니 걱정 마라. 내가 아무리 역사의 어둠 속에서 활약했다지만 의리는 있단다."

루이체가 별말이 없자 카이리는 쓴웃음을 지을 수밖에 없었다.

"후후, 아무튼 나는 약속대로 너희들을 보호할 테니 마음에 들지 않아도 참아라."

"아, 그건 아닙니다."

루이체가 말했다.

"카이리님을 불신하는 주제넘은 생각은 가져본 적이 없습니다. 오빠도 카이리님을 믿고 있었으니까요."

"그래? 그런데 표정이 왜 그러느냐?"

"담배는 좀……."

"흠."

카이리는 출입문을 연 뒤 담배를 밖으로 날려 보냈다.

"루이체는 의외로 보수적인 아이로구나. 그러다가는 좋은 남자를 평생 못 만날 수도 있단다."

"아, 하하. 아하하하."

억지웃음이 루이체의 입 밖으로 술술 흘러나왔다.

그녀가 왜 그러는지 알고 있는 카이리는 장난치듯 웃으며 빈 의자에 다리를 꼬고 앉았다.

"보아하니 쑤밍은 리오에게 직접 단련을 받은 것 같은데, 루이체는 무엇을 배웠느냐?"

"마법을 배우긴 했는데 쑤밍처럼 빨리 익히지는 못했어요. 나중에 피엘 플레포스 비서관님 밑에서 배운 것이 더 도움이 됐지요."

"그래? 난 체술이라도 배운 줄 알았다만."

"체술이요?"

"몸집과 근육의 선을 보니 체술을 익힌 느낌이라 리오에게 배운 줄 알았다만, 아닌 것이냐?"

"아, 체술은 지크 오빠에게 배웠어요. 호신술 수준이지만요."

"호오, 지크에게?"

카이리는 이상하다는 표정을 지었다.

"그 친구가 그런 그릇이 된단 말이냐?"

"아하하."

루이체는 이번에도 억지웃음을 지었으나 절반 정도는 진심이었다.

"지크 말이다."

카이리가 팔짱을 느슨하게 꼈다.

"말버릇을 보면 꽤 대담한 성격 같지만 실제로는 남들의 눈치를 꽤 보더구나. 어렸을 때 무슨 일이라도 겪었느냐?"

"아… 음……. 어렸을 때 따돌림을 약간……."

루이체는 들은 대로 이야기를 했다.

"음, 역시 그렇구나. 그런 아픔이 있는 사람들은 뭔가에 의지하게 마련이란다. 사람이든, 동물이든, 물건이든 가리지 않고 뭔가를 자신의 곁에 두거나 소유하려 하지. 하지만 소유했다고 생각하는 것에 오히려 구속되어 벗어나지 못할 때가 많단다."

카이리는 담배를 입에 물었다가 루이체의 눈총을 받고 다시 거뒀다.

"지크와 몇 번 이야기를 나눠보니 그 친구는 바람에 집착하는 모습이 보이더구나. 내가 보기에 굳이 그럴 필요는 없을 것 같다만."

"예? 하지만 바람은 지크 오빠의 상징이고 하이볼크님께서 부여해 주신 힘이잖아요?"

"그렇지. 하지만 오로지 공격에만 치우친 제어 능력이란다. 게다가 바람은 속성의 위상으로 따졌을 때 결코 상위권에 속할 수 없지. 어느 한도 이상에서는 없어도 상관없는 능력이야."

"으……."

루이체는 반론하고 싶었다.

지크가 자신에게 담겨 있는 바람을 어떻게든 제어하기 위해 얼마나 오랜 시간동안 노력했는지 알기 때문이었다.

"아닌 것 같으냐? 하지만 넌 그런 제어 능력이 없어도 엄청난 전투 능력을 발휘하는, 그것도 지크와 마찬가지로 하이볼크님의 가호를 받은 자를 알고 또 인정하고 있단다."

"예? 누구요?"

"리오가 아니더냐?"

그녀의 말대로, 리오는 속성을 제어할 수 있는 특이한 능력이 없었다.

그런데도 휀이나 바이론과 같은 최상위 속성의 힘을 가진 자들과 어깨를 나란히 하는 강자였다.

"바람의 제어 능력을 강화하기보다는 팔굽혀펴기를 한 번 더 하는 게 나을 뻔했지."

"……."

"나중에 만나면 꼭 전해주려무나. 조금이나마 도움이 될 테니까."

카이리는 말을 마무리하며 담배를 또 들었다.

하지만 그녀는 불을 붙이지 않았다.

다시 그녀에게 눈총을 주려고 했던 루이체는 전의와 살기에 휩싸이는 카이리의 표정을 보고 깜짝 놀랐다.

담배를 던지고 일어난 그녀는 손으로 출입문을 열까 하다가 자세를 바꿔서 발로 문을 걷어찼다.

종이처럼 반으로 접힌 금속제 출입문은 문 밖에 있던 괴한을 때리고 다른 곳으로 튕겨져 나갔다.

카이리는 루이체와 쑤밍에게 가까이 다가가며 적들을 확인했다.

적은 고풍스러운 갑옷과 각종 무기를 든 자들이었다.

갑옷과 무기의 형태를 확인한 루이체는 경악했다.

"네오 올림포스!"

"호오, 저 녀석들이 올림포스의 잔재들이라고?"

카이리는 루이체의 말을 믿지 않는 눈치였다. 그럴 것이, 단순한 옛 신계의 잔재들이라고 하기에는 그 강력함의 수준이 달랐기 때문이다.

"당황하지 마. 하이엘바인님과 리오에게 약속한 대로 너희들은 내가 지켜주마."

카이리가 신경을 더욱 곤두세우며 다짐했다.

"이렇게 빨리 약속을 지키게 되리라고는 생각 못했지만 말이야."

그녀의 쓴웃음을 본 루이체는 교신기를 꺼내 도움을 요청하려 했다.

'교신 불가? 방해를 받고 있잖아?'

루이체는 다급히 교신기를 조작해 봤으나 그 어떤 수단도 통하지 않았다.

"그건 내려놓고 집중하렴. 우리를 도와줄 자는 아무도 없어."

카이리의 말에 루이체의 손이 덜컥 멈췄다.

"예상컨대, 저 녀석들은 하이엘바인님께서 니블헤임으로 가신다는 사실을 미리 알고 있었던 것 같구나. 근처에 잠복해서 우리와 하이엘바인님이 헤어지기만을 기다렸다는 눈치야."

"그렇다면 카이리님의 부하들이라도 규합을……!"

"죽었단다."

카이리는 조용히 말했지만 루이체에게는 청천벽력 같은 소식이었다.

"예?"

"녀석들은 결계를 뚫고 들어와 내 부하들을 기습했단다. 눈에 보이는 대로 공격한 것도 아니야. 부하들의 기척이 동시에 사라진 것으로 봐서는 결계 밖에서부터 하나씩 맡고 들어온 게 확실해."

"결계 밖에서요? 그럴 수가 있나요?"

"일단 엎드려!"

카이리는 몸으로 쑤밍을 덮고 손으로는 루이체의 머리를 눌렀다.

다음 순간 의무실 건물의 지붕이 병뚜껑처럼 날아갔다.

지붕을 손으로 뜯어 날린 자는 의무실 출입구 밖에 보이는 자들과 마찬가지로 올림포스의 복장을 한 남자였다.

그의 반대편 손에는 평온한 얼굴을 한 블랙테일 청년의 머리가 들려 있었다.

"카이리 블랙테일. 후후, 부하들의 죽음 따위에는 눈 하나 깜짝 안 할 얼굴이로군. 기세조차 흔들림이 없어. 깜짝 선물로 삼으려 했는데 의미가 없겠군."

그는 손에 든 머리통을 카이리의 발 앞에 떨어뜨렸다.

"저항하지 말고 밖으로 나와라, 카이리 블랙테일. 가만히 처형당한다면 그 계집들은 건드리지 않으마. 올림포스 투사의 명예를 걸고 약속하지."

하지만 주절거리는 얼굴에 흐르는 미소는 명예라는 단어를 모독하기에 충분할 만큼 흉악했다.

카이리가 이를 빠득 갈았다.

"시건방진 것!"

고함을 지른 그녀의 입에서 검은색의 광선이 뿜어졌다.

공격 범위를 최소화한 그림자 숨결이었다.

그 위력은 범위를 줄인 만큼 강력했다.

숨결이 터지는 순간의 압력만으로 의무실 사방의 벽들이 모조리 날아갈 정도였다.

루이체와 쑤밍은 위험은 감지했지만 아무런 압박감도 느끼지 못했다.

카이리가 자신의 힘으로 그녀들을 보호한 덕택이었다.

숨결의 속도는 상당히 빨랐다.

그러나 카이리를 비웃은 올림포스의 투사는 그렇게 나올 줄 알았다는 듯이 날랜 몸짓으로 숨결을 피했다.

가볍게 땅을 밟은 투사는 짐승의 발톱처럼 앞으로 크게 굽은 특이한 검을 들었다.

"협상의 여지가 없다는 뜻이로군. 그렇다면 너희들 모두 여기서 죽어줘야겠어."

그를 포함한 투사 스물일곱 명 전원이 무기를 들고 카이리에게 살기를 집중했다.

그들의 살기 따위에 굴할 카이리는 아니었다.

그녀는 나타난 적들 전부를 상대할 자신이 있었고 또한 죽을 각오도 되어 있었다.

카이리는 자신이 즐겨 쓰는 단검 두 자루를 두 손에 쥐었다.

[루이체가 사상의 차단을 사용할 수 있다고 들었는데, 사실이냐?]

그녀가 정신감응으로 물었다.

[예, 카이리님.]

[그렇다면 지금 사용하려무나. 범위는 너와 쑤밍을 지킬 정도로만 좁혀서 유지하면 된다.]

[카이리님은 어쩌시려고요?]

[싸워야지. 최대의 힘을 낼 것이다. 그 정도면 하이엘바인님께서 이 위험을 감지하시기에 충분하겠지. 하지만 내가 힘을 발휘하면 너희들도 위험해진단다. 너희 둘 다 내힘의 압력을 버틸 수가 없어.]

카이리는 루이체에게 주의를 주면서 자신에게 접근하는 적들을 세심하게 살폈다.

[어서 사상의 차단을 사용해라! 서둘러!]

[예!]

루이체는 바지 허벅지 부분에 달린 주머니에서 아리스톤 드라이버를 꺼내 두 손에 쥐었다.

이윽고, 사상의 차단 결계가 은색의 반구 형태로 구현되어 루이체와 쑤밍을 단단히 감쌌다.

그 결계를 단검의 자루 끝으로 쳐서 강도를 확인해 본 카이리는 만족스럽게 고개를 끄덕였다.

"어이, 너희들."

카이리가 루이체와 쑤밍의 곁을 떠나며 적들에게 말했다.

"솔직해지는 게 어떤가? 입은 복장과 무기, 그리고 얼굴 생김새는 분명 올림포스 쪽이지만 지금 너희들이 발산하는 힘의 수준과 조직력은 도저히 그쪽 녀석들이라고 생각할 수가 없군. 혹시 네오 올림포스라고 알려지고픈 녀석들인가?"

대답 대신 어떤 투사가 든 창이 그녀의 뒤통수를 노리고
들어왔다.

몸을 숙여 창을 피한 카이리는 일어나면서 등 뒤의 상대
를 발로 밀듯이 쳤다.

투사의 가슴 한가운데에 꽂힌 발끝에서 검은색의 빛이
긴 실선을 흘리며 새어 나왔다.

그림자 숨결이 터지려는 순간이었다.

"으윽!"

뒷걸음질을 친 투사의 가슴에서 검은색의 폭발이 터졌
다.

투사는 두 발을 땅에 댄 채 지면을 긁으며 뒤로 밀려 나
갔다.

그는 일단 무사했다.

하지만 가슴을 감싸 쥔 투사의 손가락 사이로 흰색의 대
리석 가루가 쏟아졌다.

'가루? 대리석인가?'

네오 올림포스의 구성원들이 대리석으로 육체를 대신하
고 있다는 정보를 리오에게서 들었던 그녀는 그들의 정체
에 대해 판단을 보류했다.

'모를 일이군.'

그녀가 리오 일행으로부터 전달받은 정보에 의하면 네오 올림포스 구성원들의 전투력은 과거 신이었던 자들, 특히 아주 등급이 높은 신이 아니면 카이리에게 위협을 줄 수 없었다.

하지만 카이리가 그들에게서 느끼는 힘은 듣던 것 이상이었다.

이론과 현실의 격차치고는 너무 컸다.

'아니야. 대리석 가루만으로 성급히 판단해선 안 되겠지.'

카이리가 검은색의 기류를 몸에 휘감은 채 상대에게 달려들었다.

카이리의 공격은 바람처럼 가볍고 빨랐다.

그러나 공격은 무쇠망치처럼 강렬했다.

공격을 막은 투사로부터 대리석 가루와 검은색의 불꽃이 충격의 반동에 밀려 연기처럼 퍼져 나갔다.

투사는 자신을 밀어붙이는 카이리를 진지하게 살펴봤다.

"훌륭해, 카이리 블랙테일."

투사가 창을 떨어뜨렸다.

'아니?'

상대가 무기를 떨어뜨리자 카이리가 적잖이 놀랐다.

그것이 자신에게 유리하게 작용하는 게 아님을 그녀는

알고 있었다.

투사의 창이 땅에 단단히 박혔다.

동시에 투사의 주먹이 카이리의 복부를 노렸다.

카이리가 갑자기 술에 취한 듯 휘청했다.

'뭐지?'

카이리가 맞은 복부에서 검은색 불꽃이 번쩍 튀었다.

그녀의 방어력을 넘어선 충격이 내장에 그대로 전달됐다.

투사의 육체와 바닥에 꽂힌 창 사이에 놀라운 규모의 공명 현상이 일어나고 있었다.

그것이 물리적으로 카이리의 감각을 방해한 것이다.

카이리는 내장을 짓이기는 듯한 통증을 이겨내며 단검을 휘둘렀다.

머리를 노린 공격을 피한 투사는 바닥에 꽂아둔 창을 다시 뽑아들었다.

그 창에 카이리의 공격이 단단히 막혔다.

"흠!"

카이리의 배를 걸어차 날려 버린 투사는 잠깐 사이에 중심을 잡고 무사히 착지한 상대를 보며 놀라움을 드러냈다.

"정말 대단해."

"건방진⋯⋯!"

카이리의 갈색 얼굴은 그 어느 때와 비교할 수 없을 정도로 일그러져 있었다.

결계 속에서 구경하던 루이체와 쑤밍도 그 표정에 공포를 느낄 정도였다.

"정말 너희들이 네오 올림포스란 말이냐!"

그녀의 갑작스런 외침에 투사는 어깨를 으쓱했다.

"그렇게 남을 못 믿어서 어디 쓰겠나?"

그의 조롱에 카이리가 격분했다.

"우리들의 신, 브리간트님의 이름을 걸고 네놈 모두를 여기서 처단하겠다!!"

"개인감정에 신을 결부시키는 건가? 양심도 없군."

고개를 갸우뚱한 투사는 다른 동료들을 돌아봤다.

그들이 알아서 하라는 제스처를 보냈다.

그때부터 카이리는 그 투사만의 장난감이었다.

"계속 재롱을 떨어라, 카이리 블랙테일."

"시끄럽구나!"

둘의 무기가 다시 불꽃을 쏟아냈다.

무기끼리 맞부딪친 곳에서 보이지 않는 힘의 충돌이 또 일어났다.

단검 하나로 창을 찍어누른 카이리는 반대편 단검으로 투구에 보호되지 않고 있는 상대의 안면과 목을 노렸다.

투사도 창을 맞댄 채 상체를 뱀처럼 이리저리 움직여 공격을 피했다.

그 속도가 너무 빨라서 루이체의 눈에는 투사의 상체가 아예 보이지도 않았다.

카이리의 옆구리에 강한 충격이 들어왔다.

"큭!"

투사가 무릎으로 친 것이었다.

'어라?'

투사가 내심 놀랐다.

아까와 달리 카이리가 아무런 영향도 받지 않았기 때문이었다.

"두 번이나 통할 것 같나!"

카이리의 공격이 무섭게 이어졌다.

그녀가 갑자기 몰아치기 시작하자 투사는 당황하여 막는 데에 급급했다.

싸움을 구경하던 투사들이 의아해했다.

'육체의 구조를 바꿨단 말인가?'

'육탄전에 맞게 골격의 구조를 바꾸고 내장을 단순화시키다니……!'

투사의 저항이 두 번, 세 번 연속으로 카이리의 몸과 팔다리를 쳤다.

하지만 그녀의 몸은 갑옷보다 훨씬 더 효율적으로 상대의 타격에 대응했다.

수준 이하의 충격은 튕겨내고 강한 충격은 흡수하여 무의미하게 만들었다.

카이리의 눈과 근육도 마찬가지로 변형과 강화를 거쳤다.

공격 속도와 대응 속도가 모두 빨라졌다.

타격에 실리는 물리적 힘은 가벼워졌지만 몸 전체의 근육이 생산해 내는 파괴적 에너지의 양이 더 커졌다.

주변 환경에 맞게 몸 색깔이 변하는 생물처럼 카이리 역시 상대에게 딱 맞게 변한 것이다.

투사는 그때부터 공격이 아니라 저항을 해야만 했다.

그는 속임 동작과 변칙성 기술을 총동원하여 돌파구를 마련하려 했으나 그가 얻은 것은 아무것도 없었다.

카이리는 투사의 모든 것을 무시하고 공격했다.

창으로 방어를 하면 폭발성이 섞인 공격을 하여 창의 존재 의미를 무색케 했고 결계로 방어하면 단검 한 자루에 자신의 공격 능력을 전부 집중하여 깨부쉈다.

육탄전 상황이 되면 맞는 것에 신경 쓰지 않고 상대를 밀어붙였다.

상대가 공격하기 전에 복부와 무릎, 그리고 어깨 등을 정확히 때려 움직임을 미리 봉쇄하는 기술도 사용했다.

"이 괴물이!"

투사가 괴성을 지르며 창을 회전시켰다.

그냥 뾰족하기만 하던 창날이 대검처럼 넓어지고 길어졌다.

공격 방식을 바꾼 건데, 그에 맞춰 카이리의 온몸에서 검은색의 파동이 일어났다.

"브리간트님을 모독하고, 이 카이리 블랙테일을 모독한 죄는 무겁다!"

그녀의 파동이 오른손 단검에 집중되었다.

길게 늘어나 장검처럼 변한 파동이 투사를 향해 커다란 호선을 그렸다.

깨끗했다.

완파된 투사의 창이 대리석 가루로 변하여 땅에 퍼졌다.

"으아악!"

땅에 누워버린 투사는 급히 몸을 돌려 단검을 쥐었다.

카이리의 부하들이 항상 몸에 지니고 있던 서룡족의 군용 단검이었다.

"왜, 두려운가?"

카이리가 웃었다.

"너희들이 낮춰 보던 존재들의 무기까지 필요할 정도로

다급해졌나? 아주 보기 좋군."

"크아아!"

투사가 고함을 지르며 돌격했다.

단검을 두 손으로 잡고 자세를 낮춘 폼이 어설프지는 않았다.

카이리는 발로 상대의 어깨를 밀듯이 쳤다.

투사의 오른팔이 우지끈 떨어져 나갔다.

검은색의 불꽃이 그 단면에서 터져 땅으로 흘러 내렸다.

"아아……!"

투사는 왼손으로 오른팔 어깨의 균열을 막았다.

"아직 살았군."

중얼거린 카이리가 물러나는 투사와의 거리를 단숨에 좁혔다.

그녀와 시선이 마주한 투사가 흠칫 놀랐다.

그녀의 단검에 배를 맞은 투사는 숨을 토하며 웅크렸다.

그가 복부에 들어온 충격으로 몸을 제대로 펴지 못하는 상황에서 카이리는 아주 간편하게 단검들을 움직였다.

수차례의 찌르기가 투사를 계속해서 괴롭혔다.

머리를 제외한 몸 전체가 단검의 일격에 당해 깨지고 파였다.

투사가 도망치려 하자 카이리는 그의 투구를 붙잡고 우

그러뜨린 뒤 계속해서 상대를 찔렀다.

투사의 동료들이 서로를 봤다.

"구해야 하나?"

"경솔하게 굴지 마."

투사들이 말했다.

"저 계집은 우리들에 대해 아직 몰라."

그들의 여유는 그 바닥이 보이지 않았다.

카이리는 단검을 내리고는 상대의 옆으로 걸어갔다.

광적인 성격의 조각가에게 괴롭힘을 당한 작품처럼 넝마
가 된 투사는 저항할 힘조차 잃고 겨우 서 있기만 했다.

"근성 한번 좋군."

카이리가 그의 발을 걸어 넘어뜨렸다.

"으윽……!"

다시 일어나려는 투사의 머리를 카이리가 짓밟았다.

"다른 친구들도 곧 네가 갈 곳으로 보내주지."

"후, 후후……!"

투사가 산산조각 난 입으로 웃었다.

"우리에 대해서 뭘 안다고 떠드나?"

카이리가 움찔했다.

넝마가 된 투사가 갑자기 그녀를 밀치고 일어났다.

"시간은 충분히 끌었어."

카이리는 그의 행동을 단순한 도발 행위로 판단했다.

물론 처음에만 그랬다.

하지만 그녀는 얼마 못 가 그 미소의 이유를 깨달았다.

또 다른 투사가 루이체가 만든 결계에 접촉하고 있었다.

카이리도, 루이체도, 그리고 쑤밍도 그것을 믿을 수 없었다.

신계까지 통틀어 가장 강력한 결계라고 공인되는 사상의 차단을 그 보잘것없는 무장의 올림포스 투사가 아무 불편함 없이 뭉개 버리고 있었다.

그는 결계와 접촉한 손바닥에 정체불명의 검은색 불길을 휘감고 있을 뿐이었다.

그러나 그의 두꺼운 팔은 마치 수면을 통과하듯 결계를 통과하여 루이체와 쑤밍을 노렸다.

"그러니까 얌전히 있으라고 했지? 다시 기회를 주마, 카이리 블랙테일. 무기를 거두고 가만히 처형을 받아라. 그렇게 하면 이 계집들은 살려줄 테니까."

"흥."

카이리가 두 손을 풀었다.

그녀가 붙들고 있던 단검들이 땅에 떨어졌다.

사상의 차단을 유린하던 투사는 동료들이 카이리에게 접근하는 모습을 보고 결계로부터 손을 뺐다.

그 순간 그의 몸뚱이가 절벽에서 떨어진 돌맹이처럼 결계에 한 번 충돌한 뒤 다른 곳으로 튕겨 나갔다.

투사가 있던 자리에 카이리가 착지했다.

등 뒤로 검은색의 날개 한 쌍을 펼친 카이리는 자신의 오른쪽을 뚫어지게 쳐다봤다.

카이리의 순간적인 속도를 미처 따라가지 못했던 투사들은 몇 번 눈짓을 주고받더니 카이리가 바라보고 있는 장소에 시선을 모았다.

그곳에는 지크가 서 있었다.

"지크 오빠?"

그의 갑작스러운 등장에 깜짝 놀란 루이체가 주변을 돌아봤다.

그가 왔다는 것은 함께 니블헤임으로 출발한 리오, 하이엘바인, 케롤 모두가 이 근처에 있다는 뜻이기 때문이었다.

하지만 아무도 보이지 않았다.

"혼자 온 거야?"

동생의 질문에 지크는 대답에 앞서 눈에 쓰고 있는 커다란 고글을 만졌다.

루이체는 그 고글이 낯설었다.

지크는 렌즈가 하나로 된 그 큰 고글을 즐겨 쓰곤 하지만 그건 어디까지나 루이체가 어렸을 때, 그러니까 그가 아직

고향에서 활약을 할 때의 일이었다.

고향을 떠난 뒤 마지막으로 갖고 있던 고글이 망가진 이후에는 새로 만들어주겠다는 주변의 이야기에도 불구하고 다시는 그와 같은 것을 쓰지 않았다.

고글 때문인지 그는 약간 말라보였다.

지크가 고글을 벗었다.

그는 고글의 벨트를 오른손 검지에 끼우고는 빙글빙글 돌렸다.

"고맙다는 말부터 해야지?"

그가 씩 웃었다.

쾌활했지만 어딘가 무게감이 느껴지는, 루이체가 기억하는 지크의 미소와는 조금 다른 느낌을 풍겼다.

"고, 고마워."

"헤헷."

그는 풀어낸 고글을 팔뚝에 묶었다.

"어이, 족장님."

"음."

카이리는 의심스러운 눈으로 그를 살펴봤다.

"정말 자네만 온 건가?"

"저만 왔죠. 안 되나요?"

"……"

"제가 여길 맡을 테니 족장님께선 애들 데리고 피하세요."

"뭐라고?"

"빨리 가세요. 지체하다가는 서로에게 안 좋아요."

그녀는 '네가 뭘 할 수 있느냐' 라는 질문을 하려 했다.

그녀가 알고 있는 지크는 결코 혼자서 이 상황을 해결할 수 있는 인재가 아니었다.

"뭐, 이해해요."

지크는 어깨를 으쓱했다.

뒤이어 자신의 뒤쪽에 서 있는 투사들 쪽으로 손을 내밀었다.

카이리와 쑤밍, 루이체 모두 그가 손으로 가리킨 곳을 돌아봤다.

네 명의 투사가 지크를 비웃었다.

그가 왜 자신들을 가리켰는지 영문을 모르겠다는 반응이었다.

그들 모두의 가슴 한가운데에는 사람 주먹이 통과할 수 있을 만큼 큰 구멍이 뚫려 있었다.

순간 가장 뒤쪽에 있는 자의 가슴팍에서 검은색 불길과 함께 대리석 가루가 터졌다.

가루와 불길은 끊임없이 터졌고 투사의 육체는 바닥 쪽

으로 서서히 붕괴되었다.

"아니?"

다른 세 명이 몸에 뚫린 구멍을 막았지만 불길과 대리석 가루로 시작된 육체의 붕괴를 막기에는 역부족이었다.

그들에게 내밀었던 지크의 손이 잠깐 푸른색으로 빛나면서 같은 빛깔의 연기를 흘렸다.

아주 잠깐 동안의 현상이었지만 지크를 아는 모두에겐 낯선 광경이었다.

"이 정도면 되겠죠?"

"자네……?"

"어서 가세요."

"음, 알았네."

묻고 싶은 것이 산더미 같았으나 카이리는 자신들이 처한 상황을 잘 알고 있었다.

카이리의 전신에서 검은색의 빛이 올라왔다.

카이리가 빨려들어 가듯 사라진 그 빛은 검은색의 대형 드래곤이 되었다.

드래곤의 형태로 변한 카이리는 입으로 루이체와 쑤밍이 들어 있는 결계를 물었다.

"어이, 동생."

지크가 루이체를 부르자 그대로 땅 속에 있는 함선을 향해 돌진하려 했던 카이리가 동작을 멈췄다.

루이체와 지크의 시선이 만났다.

루이체는 자못 놀랐다. 지크는 그리움이 잔뜩 섞인 눈빛으로 그녀를 바라보고 있었다.

"혹시 가즈 나이트라는 말, 알아?"

"가즈… 뭐?"

루이체가 의아해했다.

지크는 됐다는 듯 고개를 끄덕이며 손 인사를 했다.

"나중에 보자."

남겨놓듯이 말한 지크는 투사들이 있는 곳으로 돌아섰다.

아까 봤던 푸른색의 연기가 은하수처럼 맑은 빛을 품은 채 지크의 어깨에서 올라왔다.

루이체와 쑤밍은 말을 잊은 채 지크의 그 이질적인 모습을 지켜봤다.

카이리가 날개로 자신의 몸을 감싼 뒤 몸을 있는 힘껏 돌렸다.

그녀의 커다란 몸뚱이가 드릴의 날이 되어 땅을 뚫고 아래로 들어갔다.

그 상황을 가만히 바라보던 투사들이 발걸음을 옮겼다.

"너, 지크 스나이퍼가 맞나?"

"그럼, 물론이지."

지크가 웃었다.

"난 틀림없이 지크야."

그를 중심으로 돌풍이 불었다. 투사들은 돌풍에 저항하기 위해 몸을 숙였다.

돌풍에 맞은 그들의 몸에서 대리석 가루들이 날렸다.

그 하얀색의 바람은 눈보라와 같았고 그 대리석의 눈보라는 주변 전체를 하얗게 뒤덮은 뒤에야 멈췄다.

투사들이, 아니, 투사였던 자들이 본래 모습을 되찾고 일어났다.

그들은 자신들의 변장이 모조리 풀렸다는 사실에 경악했다.

"이 녀석……?"

그들이 쓴 가면들이 일제히 빛을 발했다. 지크는 그 모습을 보며 히쭉 웃었다.

"그리고 너희들은 '라타토스크' 지."

가면을 쓴 자들이 움찔했다.

"이제부터 네놈들을 하나씩 죽여 해소할 거다."

지크의 미소가 지워졌다.

장난기 속에 묵직함을 감추고 있던 그의 눈빛이 폭풍 직전의 대기처럼 광기를 품었다.

"나의 과거를! 나의 죄를! 나의 분노를!"

아무것도 없는 청명한 하늘이 그와 함께 분노하여 괴성을 질렀다.

CHAPTER 40
라타토스크

지크의 주먹이 정면으로 튀어나갔다.

주먹을 중심으로 회오리가 일어난다고 느낀 순간 가면을 쓴 사내들 중 한 명이 머리부터 발끝까지 분해되었다.

또 한 명의 동료가 그렇게 사라지자 가면의 남자들이 더욱 기민하게 움직였다.

다음 순간 철과 고기가 꿰뚫리는 소음이 가면의 남자들 사이에서 터졌다.

"어설프다니까!"

지크의 고함과 함께 소재를 알 수 없는 갑주의 파편이 땅바닥에 떨어졌다.

뒤이어 진한 검은색의 불꽃이 혈액처럼 후두둑 흘러내렸다.

주먹이 빠지자 불꽃의 배출이 더욱 심해졌다.

공격당한 가면의 남자는 비명조차 지르지 못한 채 몸을 구부리고는 그대로 소멸되었다.

지크는 아직 불꽃이 남은 오른손을 털었다.

"네놈들에겐 무기도 필요없어."

그의 오른쪽 정권이 다른 적의 이마에 적중했다.

그 충격에 가면이 깨지고 안의 내용물들이 좌우로 튀어나갔다.

"크아아아!"

가면의 남자가 고통에 괴로워했다.

지크는 그 모습을 똑똑히 보며 손날을 세우고 단두대처럼 아래로 내리꽂았다.

파란색의 빛이 가면의 남자를 가로질렀다.

좌우로 잘린 남자의 몸이 거센 기운을 뿜어내고는 다른 이들처럼 소멸되었다.

"전부 덤벼! 다 쳐죽여 주마!"

그의 주먹이 적들을 향해 사정없이 움직였다.

또 다른 가면의 남자가 쏟아지는 지크의 주먹에 걸려들

었다.

그의 몸뚱이와 머리에 묵직한 주먹이 계속 들어왔다.

한 번 칠 때마다 회오리바람에 휘말린 검은색의 불꽃이 가면과 망토 속의 내용물들과 함께 사방으로 뿌려졌다.

막 썰어낸 고깃덩이를 먹기 좋게 다지는 사냥꾼처럼 보였다.

"어이, 기분이 어때? 비명이라도 질러보란 말이야!"

광소와 함께 지크의 주먹이 더욱 매서워졌다.

뒤쪽에서 다른 가면의 남자가 덮쳐오자 지크는 보지도 않고 그의 복부를 걷어찼다.

배를 잡고 땅에 떨어진 사내는 다시 일어났으나 지크의 발끝이 그의 안면에 사정없이 닥쳐왔다.

철퇴에 맞은 듯 사내의 가면과 머리가 터졌다.

머리를 잃은 사내의 몸뚱이는 묘기를 부리는 사람처럼 두 발을 땅에 댄 채 그대로 넘어지더니 역시 불꽃으로 변하여 사라졌다.

지크의 눈빛이 강렬해졌다.

그 파란색의 빛이 지크의 움직임에 맞춰 흔들렸다.

다른 갑옷의 사내들보다 좀 더 두껍고 큰 몸집을 가진 자들이 그의 앞을 막아섰다.

들고 있는 무기도 좀 더 좋아 보였다.

한줄기의 질풍이 그들 사이를 가로질러 한가운데에 있는 자와 충돌했다.

뭔가 쪼개지는 소리와 동시에 그의 몸뚱이가 크게 흔들렸다.

지크의 무릎이 그의 갑옷과 가슴을 뭉개면서 깊게 파고들어 왔다.

당황한 가면의 남자는 지크를 떼어내려 했으나 맞잡은 지크의 두 손이 그의 머리 위로 떨어졌다.

가면과 함께 부서진 사내의 머리가 땅에 쏟아졌다.

머리를 잃고 허우적대는 사내의 좌우로 파란색의 섬광이 번뜩였다.

옆에 있던 남자의 상체와 하체가 지크의 손날에서 비롯된 공격에 잘려 떨어졌다.

상체는 하늘로 떠버렸고 남은 하체는 무릎을 꿇더니 그대로 쓰러졌다.

또 다른 자가 창을 내세워 공격했다.

지크가 주먹으로 그에 대항했다.

뾰족한 금속제 창날과 장갑만 낀 주먹의 대결은 사실 뻔한 이야기였으나 지크는 그 '사실'을 일찌감치 초월한 존재였다.

주먹이 창을 부수며 전진했다.

"윽?"

창을 부순 주먹이 파랗게 달궈졌다.

그 주먹은 창의 자루는 물론 창을 잡은 자의 팔뚝까지 한 꺼번에 부숴 버렸다.

창과 팔뿐만 아니라 어깻죽지까지 단숨에 잃어버린 가면의 남자는 지크가 주먹을 움직이자 상반신 전체가 파괴되면서 그대로 소멸되었다.

뒤따르던 가면의 남자들이 일제히 멈췄다.

동료들이 이토록 빨리, 그리고 허무하게 소멸될 것이라고는 생각지 못한 그들이었다.

"어이, 겁나나? 응?"

지크가 치아를 하얗게 드러낸 채 웃었다.

"이쪽은 아직 부족하다고!"

파란색의 선풍이 되어 돌진한 지크는 적들의 감적색 망토 아래에 감춰진 육체를 노리고 공격을 찔러 넣었다.

"온다!"

칼날이 넓은 검으로 공격을 방어하려 한 자가 있었다.

그 칼날은 지크의 발끝에 닿아 튕겨 나갔다.

지크는 그대로 주먹을 난사하여 검을 부수고 그 주인까지 잘게 다져놓았다.

소멸과 함께 일어난 검은색의 불길이 지크의 돌려차기와

함께 사방으로 흩어졌다.

그 차기에 맞은 가면의 사내가 도살자의 도끼에 맞은 짐승처럼 몸통이 갈라져 즉사했다.

뒤이어 다른 두 명의 머리와 배에 주먹질이 차례로 들어갔다.

머리 전체를 덮은 금속제 가면이 부서지고 복부를 감싼 갑주가 뚫리면서 소멸을 알리는 검은색의 불꽃이 쉴 새 없이 허공에 튀었다.

"계속 오란 말이야!"

지크는 가장 가까이에 있는 적의 팔뚝을 잡고 자신에게 끌어당기며 발을 내뻗었다.

상대방의 몸통을 일그러뜨리는 것으로 끝났던 발차기는 주인 쪽으로 당겨지더니 상대의 머리에 꽂혀 확실한 죽음을 선사해 주었다.

쉬지 않고 다른 적에게 눈을 돌린 지크는 울타리를 넘는 야수처럼 앞으로 뛰면서 몸을 둥글게 말았다.

활짝 편 오른쪽 다리의 발꿈치가 가면을 쓴 자의 방패를 부수고 그 밑에 보호되고 있는 머리를 쪼개었다.

다른 이가 동료의 죽음을 채 확인하기도 전에 지크의 묵직한 주먹이 그의 몸통을 향해 소나기처럼 퍼부어졌다.

파랗게 빛나는 그의 주먹과 주먹을 감싼 회오리바람이

적의 감적색 망토와 그 안에 입은 보호구를 넝마로 만들었다.

이번에는 다섯 명이 동시에 그를 공격했다.

그들은 블랙테일의 주둔지를 기습할 때처럼 각자 목표를 확실히 정하고 있었다.

그때는 블랙테일의 청년들 한 명씩, 혹은 두 명씩을 노렸지만 지금은 지크의 팔과 다리, 머리 등을 노렸다.

"훙!"

코웃음을 친 지크는 두 주먹을 폈다.

손가락의 끝에서 흘러나오는 기운이 근처를 흐르는 공기를 예리하게 베어냈다.

다섯 명과 한 명이 교차했다.

세 명이 잘게 썬 야채처럼 나뉘고 다른 두 명은 머리 한가운데와 가슴 한복판에 손가락이 꽂힌 채 지크의 팔에 매달렸다.

지크는 검은색 불꽃이 되어서 서서히 사라지는 그들을 끝까지 붙들고 있었다.

"여기까지야? 죽을 기세로 덤벼!"

그 말이 나오기 무섭게 검은색의 커다란 반월이 지크의 앞에서 번쩍였다.

곤충 무늬 가면의 남자였다.

검은색의 도검을 든 그는 다른 자들을 물러나게 한 뒤 지크를 공격했다.

도검이 움직일 때마다 블랙테일의 건물들이 깨끗이 잘려 땅에 떨어졌다.

그러나 지크는 당황하지 않고 침착하게 상대의 공격을 보고 피했다.

가면의 남자는 능숙했다.

지크가 자신의 공격을 파악하고 있음을 알면서도 피하기 힘든 각도를 골라서 무기를 들이밀었다.

결국 피하지 못하고 막을 수밖에 없는 곳에 공격이 들어왔다.

"제길!"

지크의 왼손에 바람이 쟁반처럼 맺혔다.

고속으로 몰아치는 그 바람의 방패로 상대의 공격을 튕겨낸 지크는 잠시 물러나더니 자세를 바꾸고 다시 공격에 들어갔다.

뒤이어 둘 사이에 무수한 난타전이 벌어졌다.

지크의 발끝이 상대의 두건을 벗겼다. 반대로 지크의 복부에 상대의 왼쪽 주먹이 정확히 꽂혀 들어갔다.

"커헉!"

지크의 몸이 크게 꿈틀했다.

호흡에 방해를 받은 지크의 입에서 기침에 가까운 거친 음이 터졌다.

기회를 잡았다고 생각한 가면의 남자는 도검을 든 팔을 세차게 휘둘렀다.

칼날은 지크의 턱 바로 아래에서 멈췄다.

"음!"

가면 속에서 신음이 흘러나왔다.

두 손을 모아 칼날을 붙잡은 지크는 주저하지 않고 상대의 가슴을 발로 밀쳤다.

치명타를 주기엔 부족했지만 중심을 흔들기에는 충분했다.

"후후."

가면의 남자는 웃으며 칼을 뒤로 뺐다.

지크는 불꽃의 영향으로 살짝 그을린 손바닥을 털며 상대와 거리를 두었다.

곧충 머리 무늬 가면의 남자가 도검을 거두고는 두건을 다시 썼다.

"과거, 죄, 분노라. 사연이 많은 친구로군."

그가 말했다.

"아까 라타토스크라는 말을 했지? 그건 우리가 아스가르드를 정리할 때 편의상 썼던 이름일 뿐이야. 혹시 로키에게 들었나?"

그의 질문에 지크가 씩 웃었다.

"지금 그게 중요해? 아닐 텐데?"

"잠깐이나마 중요하지."

그의 가면에 새겨진 무늬가 붉은색 빛을 냈다.

그의 전신에서 일어난 검은색의 불꽃이 거대한 파동으로 변하여 주변의 대기 전체에 퍼졌다.

그 파동이 지크의 감정과 맞물려 울어대는 대기를 차갑게 진정시켰다.

지크의 살기도 조금 진정됐다.

"네놈과 하늘의 연동을 풀어낼 시간을 벌기에는 적당하거든."

"……."

가면의 남자가 키득거렸다. 지크는 말없이 팔뚝에 묶어 둔 고글을 풀어 다시 눈에 썼다.

곤충 무늬의 가면은 지크의 움직임 하나하나를 살피며 말했다.

"우리가 모은 자료에 의하면 네놈의 능력은 바람의 정령보다 조금 못하거나 비슷한 수준이었을 텐데, 뭔가 잘못된 모양이군. 이 일대의 대기 전체를 네놈 자신과 연동시켰어."

그가 고개를 갸웃했다.

"그렇다면 얘기가 다르지. 네놈의 손바닥 속에서 우리가 놀아나는 것이나 다름없으니까."

그가 내뿜는 검은색의 파동이 점차 진정됐다.

"하지만 연동을 끊어버리는 것은 간단하지. 네가 아무리 대단한 능력을 갖고 있어도 하이볼크의 규칙 아래의 행동일 뿐이거든."

얘기하는 그의 시야 속에서 지크의 온몸이 파랗게 빛을 냈다.

"음!"

곤충 무늬의 가면이 왼팔을 들었다.

그의 팔과 지크의 발차기가 충돌하여 대기를 울렸다.

둘이 서로 중심을 잃고 휘청거리며 물러났다.

한 차례의 공격과 방어로 인해 미처 철수가 안 된 블랙테일의 건물들이 폭풍에 맞은 것처럼 흉물로 변했다.

가면의 팔뚝 곳곳에 균열이 가고 그 사이에서 불꽃이 튀었다.

피해를 입은 것은 지크도 마찬가지였다.

그의 한쪽 볼에도 면도날에 베인 듯한 실선이 만들어졌다.

둘의 상처에서 연기가 확 피어올랐다.

상처는 순식간에 사라졌는데, 재생 속도는 지크가 조금 더 빨랐다.

'재생 능력의 수준이 상당하군.'

곤충 무늬 가면이 생각했다.

'개인 전투 능력은 우리 개인보다 훨씬 위겠어. 더 자세한 조사가 필요할 것 같군.'

지크와 가면이 다시 맨주먹으로 격투를 벌였다.

곤충 무늬 가면의 시커먼 주먹이 파란색 기체에 휘감긴 지크의 팔뚝을 수차례 두드렸다.

힘만 앞세운 공격이 아니라 지크가 방어 수단으로 삼고 있는 기체의 기류를 부수려는 목적을 가진 정교한 공격이었다.

반격할 틈을 허용치 않는 그의 공격에 대항하기 위해 지크는 검은색 불꽃으로 어지럽혀진 상대의 주먹을 노려봤다.

또 한 번의 공격이 들어오는 순간 지크는 상대의 주먹을 정면으로 붙잡으며 오른발을 강하게 뻗었다.

금속이 격파되는 소리가 가면의 감적색 망토 속에서 터졌다.

"흡!"

지크의 발이 꽂힌 그의 가슴 갑옷이 파편을 쏟아내며 움

푹 파였다.

한 방을 제대로 맞은 가면의 복부에 다시 충격이 꽂혔다.

지크의 주먹이 그의 명치를 확실히 파고들었다.

그 상태에서 지크의 전신이 파랗게 빛났다.

뿐만 아니라 전신이 망치로 맞은 종처럼 진동했다.

처음과는 비교할 수 없는 파괴력이 가면의 몸체를 강타
했다.

지크가 몸 전체를 이용하여 만들어낸 충격파가 그의 방
어 능력을 초월하고 있었다.

가면의 남자가 뒤로 튕겨 나갔다.

충격과 튕겨 나감이 만든 먼지구름 속에서 한 쌍의 새파
란 안광이 떠올랐다.

"죽었다고 생각해라!"

지크가 먼지를 뚫고 달려 나왔다.

돌진하는 지크의 연속 공격에 가면의 몸뚱이가 좌우로
휘청거렸다.

퍼부어지는 공격 속에 가면의 남자는 꿈틀거리지도 못하
고 얻어맞기만 했다.

"타아앗!"

파란 기체와 전류에 휘감긴 지크의 주먹이 상대의 가슴
을 꿰뚫었다.

가면의 남자가 쓴 망토가 지크의 주먹 모양으로 튀어올랐다.

손을 뽑은 지크는 뒤로 물러났다. 느낌이 좋지 않아서였다.

"후후, 좋아."

낮은 웃음과 동시에 가면의 남자는 풀어놓고 있던 힘을 다시 집중했다.

검은색의 불길이 그의 상처 속으로 밀려들어 가 육체와 장비를 복구시켰다.

곤충 머리 무늬 가면의 남자는 소리가 들릴 만큼 큰 심호흡을 했다.

"전투 능력은 나를 넘어섰군."

"아주 조금 보여준 것뿐인데?"

"그것까지 포함해서 말한 거다."

가면의 남자는 망토 밖으로 오른손을 뻗었다.

그의 손바닥에서 솟아오른 불꽃으로부터 완만하게 휜 형태의 도검이 다시 나타났다.

"인정해 준 것이니 좀 기뻐하는 게 어때? 그 정도 시간은 줄 수 있어."

조롱에 가까운 말이었다.

지크의 목에 정맥이 솟았다.

"같잖은 녀석!"

지크가 오른손을 내밀었다.

작은 회오리바람이 그의 손바닥 위에서 뱀처럼 올라와 꿈틀거렸다.

그 회오리는 그가 사용하는 무기 중 하나, 무명도로 변해 손에 잡혔다.

무명도를 잡고 칼집을 던진 지크는 상대를 향해 손가락을 까딱거렸다.

다음 순간 둘이 서 있던 자리 한가운데에서 충돌음이 터졌다.

그 찰나의 충돌 직후 서로 등을 맞댄 채 나타난 둘은 무서운 기세로 돌아서서 칼을 부딪쳤다.

지크의 어깨와 가면의 옆구리에서 상처가 터졌지만 부상은 자세가 바뀌는 사이에 회복되었다.

가면의 뒤쪽에서 챙 하는 소음이 터졌다.

거울이 깨지듯 가면의 남자와 그 주변의 배경 전체가 온 갖 방향으로 예리하게 나뉘어졌다.

부서진 배경이 정상으로 돌아오는 순간 가면의 남자가 꿈틀했다.

"으윽!"

그의 전신에서 절단의 흔적이 무수히 일어났다.

수십 명이 동시에 칼로 내리쳐 만든 듯한 상처였다.

가면의 남자가 그 자리에 주저앉았다.

'공간을 잘랐다고?'

고개를 드는 그의 시야에 휘어져 들어오는 무명도의 칼날이 잡혔다.

둘로 나뉜 검은색 불꽃이 남자가 있던 자리에서 터졌다.

지크는 저편으로 흘러가는 불꽃들을 노려보며 무명도를 두 손으로 단단히 잡았다.

나뉘었던 불꽃은 적당한 자리에서 다시 합쳐졌다.

"네가 가진 칼의 공간 절단 능력은 알고 있었지."

불꽃이 사라지고 곤충 무늬 가면의 남자가 멀쩡한 모습으로 다시 나타났다.

"하지만 네가 우리들의 약점을 알고 있을 줄은 몰랐군."

그가 왼손을 휘둘렀다. 작은 불꽃 덩어리들이 그의 손이 지나간 자리에 나타났다.

그 불꽃들이 지크를 노리고 쏟아졌다.

빠른 동작으로 공격을 피한 지크는 정신을 집중하고 무명도를 쥔 손의 힘을 조절했다.

'역시 전부 똑같은 놈들이 아니야. 개개인의 차가 있어. 저 녀석은 특히 강해!'

지크는 자신이 아까 처리했던 자들과 지금 상대하고 있

는 자의 차이를 생각해 봤다.

'다른 놈들은 반응조차 못했는데 저 녀석은 재수없게 나를 읽고 있어. 어딜 어떻게 노리고 들어오는지 예측하는 것도 날카로워.'

그가 웃었다.

'그렇다면 절대 살려줄 수 없지.'

그의 발끝이 움직였다. 곤충 무늬 가면의 어깨도 꿈틀했다.

상대와의 거리가 좁혀지는 순간 무명도에서 파란 전류가 일어났다.

그 공격을 칼로 받아낸 가면의 몸이 뒤로 크게 밀렸다.

지크의 공격을 다른 식으로 격파하려 했던 생각이 예측을 훨씬 넘어선 완력에 짓눌린 것이다.

지크의 차기가 적의 머리를 노렸다.

가면의 남자는 상체를 뒤로 움직여 공격을 피했다.

두 번째, 세 번째 차기가 연속으로 가면의 남자를 노렸다.

서로 칼을 맞댄 채 공격과 방어가 계속 이뤄졌지만 칼이 마주한 부분은 단 한 치도 움직이지 않았다.

공격이 점점 빨라지고 피하는 동작도 빨라졌다.

어느 순간 가면을 쓴 남자의 몸이 옆으로 꼬였다.

관절의 한계를 완전히 벗어난 움직임이었다.

그것으로 공격을 깨끗이 피한 남자는 지크의 시야에서 일순간 사라졌다.

묵직한 타격음과 함께 가면에서 발하는 붉은색 잔광이 지크의 뒤에 떨어졌다.

지크는 복부에 댔던 왼팔을 풀며 뒤로 돌아섰다.

팔을 감은 회오리바람에 검은색 불꽃이 섞여 있었지만 그 불꽃은 순식간에 빠져나갔다.

"훌륭하군."

가면의 남자가 다리를 들어 옆으로 꺾여 덜렁덜렁하는 발목을 보여주었다.

"그 전까지 우리가 파악한 네놈의 장점은 보잘것없었는데 지금은 다르군."

"어떻게 다르지?"

"뭐랄까. 좀 더 치명적이라고나 할까?"

부러진 그의 발목이 재생되었다.

"내가 모르는 부분도 좀 있는 것 같고. 좋아."

가면의 몸이 공중으로 붕 떠올랐다.

"재미를 더해볼까?"

그리고는 한순간 없어진다 싶더니 지크의 가슴팍 앞에서 다시 나타났다.

'앞이라고?'

딴 생각을 하고 있던 사람처럼 멍하니 서 있던 지크는 상대의 공격을 멍청하게 쳐다보기만 했다.

가면의 공격이 지크의 가슴 정중앙에 정확히 꽂혔다.

뒤로 튕겨 나간 지크는 그의 뒤쪽에 다시 나타난 가면의 칼날에 몸이 꿰뚫렸다.

"컥!"

그게 끝이 아니었다.

가면의 두 주먹에 검은색 불꽃이 일어났다.

지크가 몸에 검이 박힌 채 난타를 당했다.

검은색 불꽃과 회오리바람의 잔류가 둘 사이에서 사방팔방 날았다.

그때 지크가 상대의 어깨를 손으로 치며 옆으로 빠져나갔다.

수치로 계산하기 힘들 만큼 빠른 상대의 공격 타이밍을 정확히 읽고 들어온 훌륭한 기술이었다.

옆으로 빠져나온 지크가 몸에 박힌 검을 손으로 잡고 가볍게 빼냈다.

"제길, 아프잖아?"

그가 아무런 상처도 없이 웃었다.

"대기의 흐름을 역이용하다니, 역시 쉽게 봐선 안 되겠네? 뭐, 그건 너도 마찬가지겠지만 말이야."

뒤이어 금속이 깨지는 소음이 곤충 무늬 가면 위쪽에서
울렸다.

두건 속에 손을 넣어 자신의 가면에 금이 간 것을 확인한
남자는 그 안으로 쏟아져 들어오던 공기의 흐름을 차단했
다.

"내 감각을 조작했단 말인가?"

그가 묻자 지크는 자신의 머리를 검지로 톡톡 두드렸다.

"너희들에 대해 좀 자세히 배웠거든."

"……."

묵묵히 지크를 바라보던 가면의 남자가 두 손을 들더니
상대를 향해 손짓했다.

가만히 대기하고 있던 다른 가면의 남자들이 지크를 노
리고 이동했다.

가면을 쓴 자들은 조직적이었다.

가볍고 정확한 공격으로 지크의 빠른 동작을 봉쇄하면서
이따금씩 큰 공격을 시도하여 그의 치명상을 노렸다.

하지만 지크는 그들이 알고 있는 지크보다 훨씬 빨랐다.

기본적인 완력부터가 몇 배나 차이 났고 집중되는 공격
도 침착하게 대처했다.

"놈을 봉쇄하는 데 신경 써! 죽이는 것은 그 다음이니 빈

틈을 보이지 마라!"

곤충 무늬 가면의 남자가 외쳤다.

그 지시에 모든 이들이 한층 더 정교함을 중시한 공격으로 지크를 견제했다.

손에 든 무기를 직접 휘두르는 자는 한 명도 없었다.

대신 그들이 쏴대는 각양각색의 광선과 검은색 회오리바람의 무리가 지크를 노렸다.

그 살의를 실은 폭우 속에서 가면을 쓴 자 두 명이 부상을 무릅쓰고 지크에게 달려들었다.

아무 무기도 갖지 않은 지크가 발과 주먹으로 저항했다.

머리와 다리 쪽으로 날아온 광선을 가볍게 피한 지크는 주먹으로 상대의 머리를 노렸다.

팔뚝으로 지크의 손목을 치듯이 받아 공격을 걷어낸 가면의 남자는 검은색 불꽃이 칼날처럼 솟아오른 무릎으로 지크의 가슴을 공격했다.

지크는 자유로운 왼팔로 상대의 무릎을 정면으로 받아냈다.

무릎 위에 솟아난 불꽃은 지크의 팔에 휘감긴 파란색의 회오리바람에 짓눌렸다.

다른 가면의 남자가 지크의 뒤에서 바짝 세운 손날을 앞세운 채 먹이를 앞둔 맹금류처럼 날아들었다.

그가 지크의 팔을 붙들었다.

뒤이어 다른 자가 지크의 허리를 감쌌다.

지크가 그들을 떨어뜨리기 위해 힘을 쓰는 사이 다른 셋이 그의 머리 위와 앞뒤를 노리고 새처럼 날아갔다.

"홍!"

강렬한 회오리바람이 지크의 온몸에서 일어났다.

그 바람의 압력에 견디지 못한 적들이 사방으로 떨어져 나갔다.

풀려난 지크는 돌려차기로 바로 앞에서 오는 상대의 이마를 때렸다.

상대가 목이 뒤로 꺾인 채 비틀거리는 한편, 지크의 오른손이 그의 가슴팍에 적중했다.

강렬한 소음에 이어 지크에게 얻어맞은 가면의 남자가 공처럼 날아가 블랙테일이 지은 건물 안쪽에 처박혔다.

건물 기자재와 침구류 속에 파묻힌 검은 남자는 몸을 부르르 떨더니 검은색의 큰 폭발을 일으키며 사라졌다.

동료의 소멸에도 불구하고 가면의 남자들은 큰 동요 없이 자신들이 해야 할 일을 계속했다.

무수히 들어오는 공격을 피하던 지크는 적들 중에 가장 눈에 띄는 자를 골라 발로 찼다.

그는 가장 동작이 둔한 자였다.

머리를 얻어맞은 가면의 남자는 위에서 아래까지 금이 가는 가면을 손으로 붙들었지만 균열을 완전히 막아내지 못했다.

그의 폭발을 뚫고 적들 한가운데를 파고든 지크는 적들 중 한 명의 발목을 왼손으로 잡더니 오른손에 쥔 무명도와 함께 무기로써 마구 휘둘렀다.

그의 왼손에 잡힌 남자는 동료들 몇 명의 머리를 몇 차례나 깨부순 뒤에야 해방될 수 있었다.

물론 살아서는 아니었다. 그의 육체 역시 가면과 함께 박살이 난 채 흩어졌다.

싸우는 동료들의 뒤쪽에서 지크를 살피던 곤충 무늬 가면의 남자는 아직 균열이 회복되지 않은 가면을 만지며 생각에 잠겼다.

'3세대 전에 합류한 자들로는 상대가 안 되겠군. 아직도 여력이 넘치는 것으로 봐서 나 역시 정면승부는 위험할 거야.'

그가 가면에서 손을 떼었다. 균열의 복구가 완료된 것이다.

'그렇다고 보고만 있을 수는 없지.'

그는 바로 옆에 서 있는 동료의 등을 한 번 두드려 준 뒤 지크가 있는 곳으로 이동했다.

지크와 곤충 무늬 가면의 남자가 다시 마주했다.

"머리가 좀 나았나?"

"걱정해 준 덕택에!"

둘의 공격이 교차했다.

왼쪽 옆구리와 가슴을 각각 맞은 둘은 각자 당한 부위에 손을 댔다.

옆구리를 맞은 지크는 예상외로 강한 충격이 전해지자 조금 놀란 표정을 지었다.

"아까와는 다른데?"

"내가 할 말이야."

지크는 팔로 타박 부위를 누르고 있었다.

"갑자기 강해졌잖아?"

"그래, 넌 약해졌지."

가면의 남자가 조롱하자 지크의 얼굴에 이상한 미소가 떠올랐다.

"역시 너부터 박살 냈어야 했어!"

지크가 분노를 터뜨리며 무명도를 쥔 오른손을 들었다.

칼을 중심으로 큰 회오리가 일어났다.

싸우는 도중에 일어난 흙먼지와 불안정해졌던 대기가 그 회오리 속에 모조리 흡수되어 회전하고 상승했다.

하늘이 어느새 맑아졌다.

모든 지저분한 것들은 지크의 팔에 맺힌 회색의 회오리
바람 속으로 빨려들어 가 있었다.

회오리바람은 작았지만 그 안에서는 먼지와 지크의 힘
이 서로 부딪치며 만들어진 전류가 강렬하게 흐르고 있었
다.

그 전기적인 현상이 먼지 외의 것들까지도 한층 더 강하
게 잡아당겼다.

"지옥을 맛보게 해주마!"

하늘 끝까지 치솟아 오른 회오리바람이 곤충 무늬 가면
을 향해 쓰러졌다.

가면의 남자가 손에 쥔 검은색 도검과 지크의 회오리바
람이 충돌했다.

바람 그 자체가 칼날이었다. 기세는 산이라도 베고 남을
듯했다.

"가볍구나!"

가면의 남자는 손에 쥔 검은색 도검으로 지크의 회오리
바람을 밀어 올렸다.

"회오리바람까지 묵직하게 만드는 재주는 없나 보군!"

"시끄러워!"

파란색으로 폭발한 지크의 눈빛이 상대의 가면에 희미하
게 반사되었다.

지크의 증오와 원망, 그리고 광기에 가까운 투지가 그 눈빛에 섞여 강렬하게 발산되었다.

"그 증오심, 결코 우리만을 향한 게 아니로군."

가면의 남자가 키득거렸다.

"너 같은 조무래기 따위에게 화를 낼까 봐?"

"후후, 모를 녀석이야. 정말 알다가도 모르겠어."

"그 터진 입 좀 닥쳐!"

지크가 외쳤다.

크고 강렬한 회오리바람의 칼날과 검은색의 도검이 서로를 흔들고 공기를 찢었다.

그 고속의 난타전 속에 지크와 곤충 무늬 가면의 남자는 대화를 잊지 않았다.

"네놈에게 느껴지는 이질감을 파악해 보니 내가 아는 지크 스나이퍼와는 그 시간대가 다른 것 같군. 혹시 미래에서 왔나?"

"대답할까 보냐!"

지크의 왼손이 상대의 가슴 보호구와 늑골을 부수고 안에 처박혔다.

가면의 남자는 그에 맞서듯 머리로 지크의 이마를 들이받았다.

"크큭, 정답인가 보군. 미래에서 대체 뭘 보고 왔나? 어

떻게 왔냐고 물어보진 않을 테니 대답 좀 해봐. 설마 복권
으로 돈을 벌기 위해서 오진 않았을 텐데?"

"헤에, 복권이라는 걸 알아?"

"우린 너희의 모든 걸 알고 있거든."

가면의 남자가 지크를 발로 걷어찼다.

그를 놓친 지크는 회오리바람의 칼날을 원형으로 휘둘렀
다.

지크가 동료에게서 떨어진 틈을 타 공격하려던 가면의
남자들이 그 칼날에 맞아 분해되어 불꽃으로 변해 버렸
다.

곤충 무늬 가면의 남자는 계속해서 웃었다.

"혼자 힘으로 오진 않았을 테고, 혹시 뭔가 좋은 수가 있
었나?"

"알아서 뭐할 건데!"

가면의 남자가 쥔 검은색 도검이 큰 불꽃으로 변했다.

그 불꽃의 도검과 회오리바람의 칼날이 충돌했다. 금속
과 금속의 충돌이 아니라 그런지 소리는 둔탁했다.

검은색의 불꽃이 회오리바람의 기류를 타고 올라가더니
기류의 반대 방향으로 회전하며 퍼졌다.

그로 인해 회오리바람이 분해되고 무명도의 속살이 드러
났다.

그의 빠르고 확실한 대응을 본 지크는 뜨거운 입김을 흘렸다.

"너, 이름이 뭐지?"

"이름? 흠, 비숍이라고 부르면 돼."

"비숍?"

지크가 눈을 부릅떴다.

"비숍은 다른 놈일 텐데?"

"다른 놈이라. 새의 무늬가 가면에 박힌 놈이겠지?"

"그래, 맞아."

"후후후."

둘의 칼이 다시 부딪쳤다.

둘은 힘을 겨루며 서로를 앞뒤로 밀쳤다.

"녀석도 비숍이고 나도 비숍이야. 아니, 우리 전부가 비숍이지. 어디서 들은 정보인지 모르겠지만 하이볼크 측도 우리에 대해 완전히 알지는 못하나 보군. 라다토스크라는 단어 하나로 아는 척을 하다니, 시시하기도 해라."

"닥쳐!"

지크가 무명도를 앞으로 내미는 순간 곤충 무늬 가면의 비숍이 자세를 바꾸고는 지크의 뒤편에서 그의 목을 팔로 휘감았다.

"미래에서 왔다 치자고. 대체 뭘 보고 왔나?"

"알아서… 뭐하게!"

"그냥, 궁금해서. 네가 어느 시점의 미래에서 왔는지 잘 모르겠지만 그때까지 우리가 이 신계를 박살 내지 못했다는 건 좀 충격이거든."

"허세를 부리는 거냐!"

팔꿈치로 상대의 옆구리를 부숴서 자유를 얻어낸 지크는 무명도로 가면의 남자를 후려쳤다.

무명도를 교묘히 흘린 가면의 남자는 지크의 손목을 잡아당기며 그의 뒤통수를 발끝으로 노렸다.

왼팔로 간신히 공격을 막은 지크는 어깨로 상대를 들이받아 날려 버렸다.

지크에게 받힌 가슴과 팔꿈치에 맞아 부서진 옆구리를 금방 재생시킨 가면의 남자는 무기를 든 손을 까딱거리며 지크를 도발했다.

"미래에서 왔다면 예언 하나 할까? 넌 네놈의 성급함을 후회할 날이 올 거야. 음, 아냐. 이미 후회하고 있을지도 모르겠군."

그가 키득거렸다.

'후회라고?'

상대의 웃음소리가 지크의 귓속을 타고 그의 기억을 끔찍하게 자극했다.

그때, 지크는 그 누구도 제어할 수 없는 상태였다.

"넌 정말 실패작이구나."

그가 웃었다.

그를 비웃은 자. 그는 형제였다. 그러나 반드시 그렇다고 는 할 수 없었다.

지크는 알고 있었다.

알고 있었기에 더욱 그를 증오했다.

"계속 숨어 있지 왜 나왔나, 피터팬? 그렇게 몸이 근질대 던가?"

그의, 형제의, 리오의 질문에 지크는 씩 웃을 수밖에 없 었다.

"그렇지. 역시 난 연극을 하기엔 성격이 너무 급해."

"후후, 누구와는 달리 자기 자신을 잘 아는군. 하지만 이 번엔 장난이 좀 지나쳤어."

"장난? 장난이라……."

자제력을 상실한 지크의 분노가 그 한마디에 더욱 날뛰 었다.

"네가 날 이렇게 만든 거야! 네가 날 이 세계에 끌어들였 어!"

결국 그들은 충돌했다.

둘은 칼을 맞댄 채 이야기를 나눴다.

"드디어 널 죽일 기회가 왔구나, 리오."

"신나게 즐겨주마, 지크."

싸움은 여러 모로 애매했다.

호각이라 할 수 없었지만 어느 한쪽이 일방적이라고 할수도 없었다.

"넌 내가 무슨 수로 이곳에 왔는지 알아?"

"그건 별로 관심없어."

지크가 물었고 리오가 대답했다.

지크의 피 묻은 입술이 곡선을 그렸다.

"관심없어도 들어. 후후, 날 이곳으로 보낸 건 너야."

"또 그 소리냐?"

리오는 눈살을 찌푸렸다.

"뭐, 정확히 말하자면 '내 시간대'에 있는 리오겠지. 그놈 말이야, 정말 멋진 짓을 했거든."

멋진 짓이라는 말을 들은 리오는 혐오스런 눈빛으로 지크를 노려봤다.

한편으로는 다음 이야기에 대한 재촉이었다.

"돌았어. 도대체 뭘 보고 돌았는지 모르겠지만 시간의 신전을 파괴해 버린 거야. 그래놓고 휀이랑 바이론, 피엘한테 협공당해서 죽었어. 영원히 부활할 수 없게 완전히 소멸

됐지."

"무슨 소리야!"

리오가 소리쳤다.

그는 분을 못 참고 지크의 멱살을 붙잡아 바짝 들어 올렸다.

"내가 소멸 당했다니, 무슨 소리야! 내가 시간의 신전을 왜 파괴해!"

"네놈이 뭘 봤는지는 나도 몰라. 대신 이걸 네놈한테 받았지."

지크는 낡아빠진 손목시계를 풀어 바닥에 던졌다.

떨어져 박살 난 시계에서 정팔면체의 작은 결정 하나가 튀어나왔다.

그것이 무엇인지 리오는 알고 있었다.

"영상 기록 장치?"

"그래, 틀어봐. 재미있는 게 보일 거다."

지크가 눈짓으로 리오를 도발했다.

리오는 지크를 던져놓고 영상 기록 장치를 들었다.

그 밑부분을 돌리자 기록 장치 전체에서 빛이 뿜어졌다.

그 빛 안에는 리오 자신의 얼굴이 있었다.

"지크, 네가 이걸 보고 있을 때 난 이미 죽은 뒤일 거야.

너와 함께한 지 1,000년 가까이 흘렀구나. 후훗, 벌써 그렇게 됐나? 아무튼 단도직입적으로 말하마. 난 절망했어."

영상 속의 리오가 기계처럼 감정이 상실된 목소리로 말했다.

그것을 보는 또 다른 리오는 분노에 인상을 구겼다.

"우리가 지금까지 해온 것들은 무의미해. 우리가 지금까지 구해온 사람들은 우리가 구한 게 아니라 구해질 운명이었어. 적들도 쓰러질 운명이었지. 모두가 주신의 농간이야. 그놈이 쓴 운명대로 움직인 것에 불과해. 이건 진짜야."

영상 속의 리오가 독한 눈빛을 품었다.

"알게 된 이상 계속 농락당할 수는 없어. 난 끝낼 거야. 난 못하겠지만 넌 할 수 있어. 내가 시간의 신전을 파괴할게. 외벽을 감싸고 있는 결계만 파괴하면 돼. 그럼 네 힘으로도 시간의 문을 열 수 있어. 그걸 통해서 과거로 가. 너와 내가 만났을 때로."

그가 웃었다.

"그리고 날 죽여줘. 같이 보내준 훼혼도(毁魂刀)라면 내 영혼을 없앨 수 있을 거야. 네 무명도를 만드신 명장대가 화만님께서 목숨을 걸고 만들어주신 거니까 소중하게 써.

무명도보다는 강도가 떨어질 테니 주의해."

영상 속의 리오가 쓸쓸히 웃었다.

"너만 믿는다, 지크. 너라면 이 운명의 쳇바퀴를 멈추게 할 수 있을 거야."

그 말을 끝으로 기록 장치의 움직임이 멈췄다.

영상 속의 자신을 끝까지 지켜본 리오는, 검은 복장을 입은 리오는 기록 장치를 바닥에 던지고 발로 밟아 조각 냈다.

지크는 미친 듯이 발길질을 하는 리오를 보며 마음껏 웃었다.

"하하하, 어때? 멋지지? 네놈이야, 네놈! 네놈이 날 이 지경으로 만든 거야! 마음고생 할 거면 혼자 할 것이지 왜 나한테 떠넘겨! 무책임한 자식 같으니!"

"그 입 닥쳐!"

"닥치긴 뭘 닥쳐! 넌 항상 무책임했어! 나만 이게 뭐야! 다 싫어! 돌아가고 싶단 말이야! 여기 있으면 난 혼자야! 네가 말한 대로 난 내가 아니야! 난 무슨 짓을 해도 지크 스나이퍼가 될 수 없다고! 난 네 의형제도 아니야!"

"이 자식이!"

지크의 복부를 리오가 망설임없이 걷어찼다.

배를 붙잡고 웅크린 지크의 눈가에서 눈물이 고였다.

리오는 그를 연거푸 걷어찼다.

"부탁한 걸 들어주는 놈이 멍청이잖아! 미래의 내가 뭘 했든 알 게 뭐야! 여기 와서 깽판을 친 건 너야! 이놈 말을 따라서 여기 온 네놈이 죽일 놈이라고!"

"난 아니야!"

지크는 소리치고 기침했다. 기침 속에 피가 섞여 튀었다.

"형제의 유언이잖아! 10년도 아니고, 100년도 아니고, 1,000년 이상 같이 살아온 형제의 부탁이잖아! 넌 그렇고 그런 놈이라서 유언이고 뭐고 내팽개쳤겠지만 난 아니야! 난 무슨 수를 써서라도 들어줘야 했단 말이야! 너랑 똑같이 생긴 놈의 유언을!"

"젠장!"

리오는 지크의 멱살을 잡아 번쩍 들었다.

"네가 본 그놈이 뭘 보고 미쳤는지 모르지만 난 그렇지 않아! 정상은 아니더라도 너나 그놈보다는 멀쩡해!"

그는 공간을 열고 칼 두 자루를 꺼냈다. 지크가 버리고 간 무명도와 무문도였다.

"자, 네놈이 연극에 쓴 소품이다! 이걸 들고 싸워! 내 기분이 나빠진 것만큼 네놈을 쳐야 속이 시원하겠어!"

"무기? 무기까지 필요해? 죽이려면 지금 죽이지 왜 무기를 줘!"

"네가 버린 네 자신을 찾으란 말이야! 이 칼을 휘두르면서 유치한 정의를 외쳤던 널 되찾으라고! 네놈 소원대로 날 이겨봐!"

고요한 세계 속에 서로의 거친 숨소리가 울렸다.

"너, 이대로 죽으면 시원하겠나?"

한참 뒤에 이어진 리오의 질문에 지크는 대답하지 못했다.

이후 싸움은 둘 다 넝마가 될 정도로 처절하게 이어졌으나 승부는 결국 나지 않았다. 승부욕만큼이나 진한 둘의 유대감이 그 원인이었다.

형제와의 싸움이 끝난 뒤, 얼마 지나지 않아 지크는 자신에게 닥쳤던 어처구니없는 일들의 진실을 깨닫게 되었다.

그 진실은 참혹할 정도로 바보 같았다.

"오해였잖아!"

지크는 자신의 앞에 선 주신, 하이볼크에게 울부짖었다.

"오해일 뿐이었잖아! 어째서 리오를 소멸시킨 거야! 그놈은 오해를 한 것일 뿐이라고!"

"그래, 그렇지. 휀과 피엘, 바이론 모두 그를 설득했단다. 하지만 리오는 듣지 않았지. 그 누구도 어찌할 수 없을 만큼 이성을 잃고 있었단다."

하이볼크는 지크를 설득하려 했다.

그러나 지크는 그의 말을 받아들일 수가 없었다.

"당신의 능력으로 가능했잖아! 당신은 신이야! 신중의 신이라고! 녀석을 제정신으로, 아니, 최소한 진정시킬 수 있었잖아!"

그런 심각한 상황에도 불구하고 하이볼크는 인자하게 웃었다.

지크는 그가 자신을, 그리고 시간과 운명에 대해 오해하고 소멸된 형제를 유린한다고 생각했다.

"그것은 리오가 선택한 길이란다. 내가 간섭할 일이 아니지."

"간섭할 일이 아니라니! 당신은 절대신이잖아!"

목구멍 속으로 눈물을 꾸역꾸역 밀어 넣던 그가 결국 분통을 터뜨렸다.

그리고 그 분노는 지크를 반쯤 미치게 만들었다.

"하하, 그런가? 절대신이고, 신중의 신이라서 그런 작은 생물의 몸부림 따위는 무시했다 이거지? 젠장, 그래서 내가 무슨 짓을 저질렀는지 알아? 나랑 상관없는 죄없는 사람을 죽였어! 그것도 셀 수 없게! 돌이킬 수 없다고!"

"들어라, 지크."

하이볼크가 타이르듯 말했다.

"닥쳐!"

"진정해."

갑작스런 엄숙함에 지크는 입을 다물었다.

"난 운명을 주관하는 신이다. 선신과 악신, 그리고 생명의 상징이자 완전 중립자인 신룡 브리간트를 제외한 모든 자들의 운명을 주관하지. 여기서 말하는 운명이란 어떻게 태어나고 어떻게 살고 어떻게 죽느냐가 아니라 어떤 존재의 한계를 말하는 것에 가깝단다. 예를 들자면… '설탕은 달다' 라는 것은 '피할 수 없는 사실' 이자 '규칙' 이란다. 그게 설탕의 '운명' 인 것이야. 설탕은 절대 짠맛을 낼 수 없지."

하이볼크의 손에 담배가 들리고 저절로 불이 붙었다.

"봤느냐? 이 담배는 담뱃잎을 재배하고 추수한 뒤 가공해야만 존재할 수 있단다. 그런데 여기 갑자기 나타났지. 게다가 불씨가 없는데 불이 붙었단다."

지크는 그가 무슨 말을 하려고 하는 것인지 이해가 가지 않았다, 적어도 그 시점까지는.

"난 이런 힘을 지녔지만 시합의 심판처럼 항상 지켜봐야만 하지. 그것이 주관하는 자의 역할이기 때문이란다. 대신 난 선신과 악신에게 생명체에 대한 모든 것을 맡겼지. 하나 그들은 존재 이유에 따라 자신들의 세력을 넓히기 위해 움직일 뿐이었단다. 어쩔 수 없었지. 그것이 그들의 존재 이유이기 때문인걸. 그들의 경쟁은 심화되어 결국 아마겟돈이 일어났고 수를 셀 수 없을 만큼 많은 생명들이 자신에게 주어진 운명의 범위, 즉 한계를 벗어난 힘을 이기지 못하고 죽어갔단다."

"……."

"난 그것을 막기 위해 여덟 명의 존재를 골라 그들의 운명을 해제했단다. 리오가 자주 쓰는 표현을 빌리자면 팔자를 꼰 것이지. 선신과 악신은 월권행위라며 반발했지만 브리간트의 강력한 찬성 덕분에 그 수를 여덟로 한정하는 선에서 일이 가능해졌단다."

"그게 피엘이랑 우리?"

"그렇단다."

한숨 소리가 모든 것이 정지한 이 세계에 울려 퍼졌다.

"내가 너희들을 '만들지 않고' 선택한 이유는 너도 조금은 알고 있을 것이다."

"인간의 힘으로 어찌할 수 없는 일을 해결하기 위해서?"

"음? 음… 그렇지."

하이볼크는 모호하게 대답했다. 지크는 시간이 한참 흐른 뒤에야 그가 왜 그렇게 어수룩하게 말을 했는지 이해할 수 있었다.

"꼭 인간에게만 국한된 것은 아니지만 그들의 한계, 즉 운명을 초월한 일이 벌어지면 너희들이 나서는 거란다. 그냥 들으면 멋진 일이지만 실은 그렇지 않지. 의식의 수준만큼은 인간의 한계를 벗어나지 못한 너희들에게는 고통이었을 것이다. 횀과 바이론은 냉정하지만 그저 숨기고 있을 뿐, 사실은 누구보다도 고통스러워했지."

지크는 더 이상 거친 대꾸를 하지 않았다.

"이제 오해가 풀렸느냐?"

하이볼크의 질문에 지크는 한참의 시간을 보낸 뒤 대답했다.

"응, 대충."

그리고 그의 인상이 다시 구겨졌다.

"날 되돌려줄 수 있어? 원래의 세계로."

"그건 쉽단다. 하지만 이대로 네가 돌아간다면 이 세계는 네가 꾸민 일로 인해 종말로 치닫겠지."

그 말을 들은 지크는 오른손 엄지로 자신의 가슴을 찔렀다.

"그럼 나한테 힘을 줘."

"힘?"

"그래. 내가 이곳의 일을 정리할 거야. 내 죄에 대한 대가를 치르겠어."

치른다고 해도 이대로 끝이 아니다.

이것이 죄라면 속죄를, 일이라면 해결을, 숙명이라면 책임을.

그 생각이 자기붕괴로 치달아 어두워져만 가던 지크의 정신에 작은 등불이 되었다.

자신은 뭔가를 더 해야만 한다. 설령 후회할지라도.

"그래, 후회할지도 모르지."

회상을 끝낸 지크의 왼쪽에서 푸른색의 돌풍이 떨어졌다.

그가 추억에 빠진 틈을 타 목을 노리고 접근하던 가면의 존재가 그 망치질처럼 매서운 돌풍에 맞아 몸 전체가 파쇄되었다.

동료 한 명을 더 잃은 가면의 존재들이 일제히 멈칫했다.

"돌이키지 못할 일은 이미 수없이 했어. 상관없다고."

"억지를 부리는군."

곤충 무늬 가면을 쓴 자가 다시금 웃음소리를 냈다.

"아까 가즈 나이트라는 말을 했는데, 그게 뭐지? 그냥 네가 지어낸 이름인가?"

"글쎄?"

지크가 어깨를 으쓱했다.

"모르면 그냥 끝내주는 놈이라고 생각하면 돼."

"유치하군."

가면의 남자가 왼손을 뻗었다.

지크가 흠칫하는 사이 검은색의 마법진이 남자의 손앞에 구축됐다.

지크의 알고 있는 형태의 마법진이 아니었다.

마법진에 사용된 글자와 각종 도형들의 배치가 지금 이 세계에서 쓰이는 것과는 판이하게 달랐다.

"끝까지 유치하게 놀아봐라, 지크 스나이퍼!"

푸른색의 화염이 마법진에서 뿜어졌다.

알에서 갓 태어나는 생명체처럼 탄력 넘치게 머리를 꺼낸 그 화염은 입을 벌리며 지크에게 날아갔다.

마법 발동의 충격파가 대기를 흔들고 땅을 부쉈다. 고열에 구워진 땅이 새빨갛게 달아올랐다.

지크의 두 눈이 다시 발광했다.

"집어치워!"

그가 만들어낸 대기의 장벽이 그 화염의 괴물을 막아내고 땅바닥에 짓눌렀다.

"하나로 끝날 거라 생각했나?"

가면의 남자가 웃었다.

사방에서 빛이 반짝거렸다.

다른 가면의 남자들 전원이 꽤 거리를 두고 넓게 퍼진 채 각자 마법진을 만들어 지크를 노리고 있었다.

마법진의 준비는 순식간에 끝났다.

지크는 그 많은 인원이 동시에 마법을 맞추어내는 모습을 보고 실성한 사람처럼 웃었다.

"그래, 쏴봐! 자신있으면 쏴보라고!"

그 다른 세계의 마법이 일제히 지크를 노리고 날아갔다.

"크아아아아아!"

지크의 온몸에서 전류가 일어났다.

두 눈은 아까보다 몇 배나 더 밝게 빛났다.

곤충 무늬 가면의 남자는 경악했다.

자신들이 사용한 마법들이 마치 시간을 정지당한 듯 지크와 자신들 사이에서 멈춘 채 움직이지 않았기 때문이다.

'대기 조작으로 마법을?'

가면의 남자들이 놀라는 한편, 지크가 오른손을 머리 위로 들었다.

"타앗!"

그는 뭔가를 내던지듯 바닥을 향해 들었던 손을 내렸다.

그가 조작하는 대기에 완전히 붙들린 마법들이 땅바닥에 내동댕이쳐졌다.

마법이 강제로 낙하된 곳에서 수십 번의 폭발이 연쇄적

으로 일어났다.

지크가 즉각 공격적인 자세를 잡았다.

"반드시 없애 버리겠다, 이 자리에서!"

그의 파란색 회오리바람이 양팔을 감쌌다.

폭풍 그 자체가 된 지크는 땅을 박차고 날아올랐다.

그가 다가오자 가면의 남자들이 다시 육박전을 벌일 준비를 했다.

지크의 공격은 그 준비가 차마 끝나기도 전에 들어왔다.

"방해하지 마!"

지크의 주먹이 그들 중 한 명의 머리에 직격했다.

머리가 부서지며 튕겨 나간 가면의 남자는 지크의 주먹을 타고 들어온 바람의 힘에 의해 압착되고 꺾이며 공중 분해되었다.

뒤이어 두세 명이 단숨에 소멸됐다.

무기나 불꽃으로 그의 공격을 막아내려 하는 자도 있었지만 지크의 주먹은 그 모든 것을 관통하고 짓이겼다.

가면의 남자들은 무기를 동원한 직접적인 공격을 포기하고 불꽃과 광선 등을 이용한 원거리 공격으로 다시 전환했다.

"방해하지 말라고 했잖아!"

공격을 멈춘 지크는 팔뚝을 교차하고 힘을 모았다.

그가 멈추자마자 가면의 남자들은 더욱 거세게 공격을 가했다.

지크의 주변에 흐르는 공기가 더욱 농밀해졌다.

조율자의 의지에 따라 압축된 공기가 정교하게 깎은 렌즈들처럼 주변을 왜곡시켰다.

그를 노리고 날아오던 광선과 불꽃들이 대기의 왜곡현상으로 인해 꺾이고 튕겨져 나갔다.

왜곡 속에서 또 한 차례의 폭풍이 일어났다.

강대한 물리력이 실린 그 폭풍은 왜곡현상에 당황하던 가면의 남자들마저 밀어냈다.

"절반은 죽었다고 생각해라!"

일갈한 지크의 온몸이 파랗게 발광했다.

찬란히 빛나는 그의 모습은 그 선명한 파란색에도 불구하고 대기의 왜곡으로 인해 광기와 피에 굶주린 괴물처럼 일그러졌다.

"선풍천옥겸(旋風天獄鉗)!"

그가 적으로 지정한 모든 이들의 주위에서 흰색의 기류가 일어났다.

그 기류는 순식간에 회오리바람의 감옥으로 변했다.

"당황하지 마라!"

지크가 만든 선풍천옥겸 중 하나가 어설프게 묶인 실타

래처럼 풀어졌다.

"뻔한 방향의 기류다! 당황하지 마!"

그의 지시에 따라 회오리바람들이 차례로 사라졌다.

하지만 몇몇은 기류를 풀어낼 힘을 잃었는지 조여드는 힘을 견디지 못하고 그 속에서 소멸되었다.

지크가 그들을 향해 돌진했다.

"뭐가 뻔해! 네가 나에 대해서 뭘 아냔 말이야!"

지크로부터 붉은색의 파동이 일어나 지표 저 끝까지 퍼졌다.

곤충 무늬 가면의 남자가 흠칫했다.

'녀석의 몸속에서 뭔가가 풀렸다!'

그의 모든 감각기관이 지크의 존재를 놓치는 그 순간, 분노에 젖은 악귀의 형상이 된 지크의 모습이 그의 옆에서 나타났다.

그를 중심으로 대기가 다시 움직였다.

억지로 진정됐던 대기가 다시 지크의 의지에 따라 움직이고 있었다.

지크의 무명도가 가면의 남자를 향해 움직였다.

가면의 남자는 자신의 도검으로 그 공격을 막아내려 했다.

"크으윽!"

저항에도 불구하고 남자는 칼을 잡은 채 뒤로 튕겨 나갔다.

그 직후 대기의 장벽이 내지르는 충격음이 터졌다.

주변의 바위와 그보다 더 멀리 떨어진 산들이 동강 나 지면을 향해 떨어졌다.

가면의 남자는 자신이 예측한 지크의 공격 능력이 한 번 더 어긋나는 것을 보고 경악했다.

'무슨 일이 일어난 거지? 어째서 녀석의 능력이……?'

큰 소리가 그의 머리에서 터졌다.

지크의 팔꿈치가 중심을 잃고 휘청거리는 그의 머리를 찍어누르고 있었다.

지크는 틈을 놓치지 않고 그를 난타했다.

가면의 남자는 방어를 단단히 했지만 그의 방어구와 팔다리의 뼈가 몇 번 버티지 못하고 부서졌다.

다른 가면의 남자들이 자신들의 지휘관이나 다름없는 동료를 구원하기 위해 뛰어올랐다.

그러나 그들은 얼마 못 가 거미줄에 걸린 벌레들처럼 하늘에서 휘청거렸다.

움직인 자들 모두가 대기의 압축이 만들어낸 파란색의 그물에 걸려 버둥거렸다.

"없어져 버려라!"

지크의 외침에 따라 그들이 있는 장소의 상공에 진공의 구멍이 열렸다.

안에 무엇이 있는지 그저 검기만 한 그 구멍으로부터 하늘색의 빛줄기들이 무수히 내려왔다.

그 빛줄기의 끝에는 날카로운 한 쌍의 날개를 가진 작은 존재들이 날갯짓을 하고 있었다. 창과 방패, 그리고 갑옷으로 무장한 그들은 자신들을 부른 자의 의지에 감응하여 분노를 드러냈다.

가면의 존재들은 그들 모두가 바람의 정령이라는 것을 금방 알아차렸다.

분노한 정령들이 그들의 몸속으로 파고들었다.

마른 모래사장에 빗물이 들어가듯 정령들은 아무 거리낌 없이 그들의 몸으로 들어가 각자의 힘을, 그리고 서로의 힘을 발휘했다.

대기 원소들의 융합과 반발 작용이 대응을 위한 계산을 무시하고 일어났다.

하나둘씩 일어난 그 원소의 폭발은 이윽고 지크의 공격에 걸려든 모든 존재들의 육체를 파괴하고 흩어냈다.

하늘에서 피어난 열꽃이 지면까지 도달했다.

하얀 폭발의 구슬들은 태양처럼 밝았다.

분노한 바람의 정령들이 일으키는 폭발의 열풍 속에서,

지크는 홀로 남은 자신의 적을 **뼈**도 남기지 않겠다는 기세로 두들겨 댔다.

이윽고, 지크의 주먹이 그의 머리 한가운데에 꽂혔다.

주먹은 가면을 뚫고 들어가 머리 안쪽 깊숙한 곳까지 파고들어 갔다.

"결단코 널 죽여주마!"

그가 팔을 위로 치켜들었다. 가면이 삐거덕거리는가 싶더니 하얀색의 척추를 달고 몸 밖으로 완전히 빠져나왔다.

"우오오오!"

지크는 괴성을 지르며 무명도를 위로 치켜올렸다.

시커멓게 압축된 회오리바람이 칼날을 중심으로 모여들더니 그 자체가 거대한 칼날로 변해 하늘을 찔렀다.

"구풍(究風)의 태도(太刀)!"

지크의 공격이 대기를 가로질렀다.

지크가 만들어낸 회오리바람의 칼날이 두 개로 분리된 가면의 남자를 맹타했다.

블랙테일의 주둔지 위에 폭음이 다시 울렸다.

폭발의 압력이 만든 대기의 충격파가 하늘을 하얗게 달구며 멀리 퍼져 나갔다.

그 속에서 튕겨 나가다 못해 땅에 처박힌 지크는 점점 진정되는 하늘을 가만히 지켜봤다.

"빌어먹을……!"

깨진 가면의 파편이 지크의 주변에 떨어졌다.

손 근처에 떨어진 것을 주워 든 지크는 그것을 잠시 살피다가 이내 옆으로 내던졌다.

'제길, 아무 생각도 안 나.'

그가 한숨을 터뜨렸다.

허무해하는 그의 옆에서 발걸음 소리가 났다.

언제 누워 있었냐는 듯 반응하여 일어난 지크는 잔뜩 긴장된 몸을 편하게 풀었다.

"있으면 있었다고 얘기를 하라고요."

"지금 알아차리시면 당신을 이곳에 불러온 의미가 없지요."

지크가 마주한 자는 여성이었다.

금색 단발의 그녀는 몸에 조금 달라붙는 흰색 전투복을 차려입고 있었다.

그리고 손에는 전류가 이따금씩 흐르는 장창을 한 자루 쥐고 있었다.

그 장창 끝에는 관통당한 가면 하나가 죽은 사냥감처럼 매달려 서서히 분해되었다.

"하나를 놓치셨더군요."

"……"

"괜찮아요. 어차피 그들은 자신들의 동료가 죽었다는 사실을 이미 감지했을 거예요. 누구에게 어떻게 죽었는지 밝혀지지만 않으면 충분해요."

"정말 괜찮은 거예요?"

지크가 그녀에게 물었다.

"아무리 피엘 비서관께서 하시는 말씀이시지만 못 믿겠네요."

그는 눈앞에 서 있는 여성에게 의심의 눈초리를 보냈다.

지적당한 금발의 여성, 피엘 플레포스는 안경 너머로 지그시 눈웃음을 지었다.

"그렇게 말씀하시는 근거는요?"

"이 녀석들, 만만치 않았다고요."

지크는 더욱 굳은 인상이 됐다.

"그 중에 한 놈은 '그 힘'을 겨우 써서야 이길 수 있었어요. 이 정도면 심각한 거 아니에요?"

"말씀드렸을 텐데요? 원래 강력한 존재들이랍니다."

피엘의 표정도 진지해졌다.

"라타토스크는 세대를 걸쳐 신계를 망가뜨린 존재들이에요. 그들은 여태껏 실패한 적이 없었지요. 물론 그 덕분에 우리의 신계가 존재하는 것이지만요."

"……"

"정확히 알 수는 없지만 오늘처럼 많은 수의 동족을 잃은 것은 그들의 입장에서도 처음일 거예요."

"그래요? 그럼 제가 이렇게 밟아놓은 게 녀석들을 더 강하게 만드는 원인이 될 수도 있겠네요?"

지크가 따지자 피엘은 고개를 저었다.

"그들이 아무리 뛰어난 자들이라 해도 원인이 밝혀지지 않은 사건까지 알아차릴 만큼 전지전능하진 않아요. 우리는 적어도 지금만큼은 그들의 상식 밖에서 움직이고 있지요."

"그러면 다행이지만……."

지크의 표정에서는 걱정이 지워지지 않았다.

피엘은 그런 지크의 손을 따뜻하게 감싸주었다.

"긍정적으로 생각하세요. 그것이 지크님에게 가장 어울리는 모습이에요."

하지만 지크의 표정은 여전히 어두웠다.

"슈렌은 어찌 되는 거죠? 역시나 계속 그렇게 가는 건가요?"

"리클레이머의 선정 작업은 일찌감치 완료된 상태예요. 첫 번째 대상자와 비교해 이런저런 부분에서 조금 못 미치고 성격도 괴팍하지만 나름대로 착한 인물이니 이상하게 꼬이지는 않을 거예요. 다만 첫 번째 대상자와 다르게 외모까지 똑같을 수는 없을 거예요."

"외모가 다르다면……?"

지크의 질문에 피엘은 일단 숨을 고른 뒤 조용히 말했다.

"첫 번째 대상자처럼 기억까지 덧입히는 것은 힘들 것 같아요."

"어째서요?"

"첫 번째 대상자는 우리 쪽에서도 상당한 시간을 들여 준비한 인물이에요. 그쪽 세계의 관리자와도 협의가 됐지요. 하지만 두 번째 대상자는 아니에요. 준비 기간이 거의 없다시피 하죠."

"으……."

"그리고 지크님도 아시다시피 즉시전력으로 삼기 위해 리클레임 작업을 하는 겁니다. 적은 강력하고 우리에겐 여유가 없어요. 그러니 이해해 주세요."

"하, 이해요?"

지크가 어이없다는 듯 웃었다.

"이해는 제가 아니라 이쪽 사람들에게 하셔야죠?"

피엘은 묵묵히 고개를 끄덕임으로써 그의 말에 동의했다.

"다음 장소로 이동하죠. 이제 휀 라디언트님을 지켜 드릴 차례예요."

"대장이라……."

지크가 묘하게 웃으며 고개를 갸웃거렸다.

"지킬 필요가 있나요?"

"혹시 모르니까요."

피엘이 재촉하듯 미소 지었다.

*　　　*　　　*

"신계라는 곳은 정말 재미가 없는 장소가 아닌가?"

제우스는 뭔가를 떠받치듯 자신의 앙상한 두 팔을 머리 위로 올렸다.

"항상 빛이 있고 대기에는 이유 모를 활기로 가득하지. 정작 그 활기에 동조하여 뛰노는 자들은 없는데 말일세."

그의 이야기 상대는 오딘이었다.

"주신계의 주민들은 아이를 낳아 기른다네."

대답해 준 오딘이 씹던 풀뿌리를 삼켰다.

"밖에서 조금 시간을 보내면 그 작은 아이들이 뛰노는 모습을 볼 수 있지. 음, 생각보다 볼 만하다네. 귀엽기도 하고."

제우스가 어이없다는 표정으로 두 팔을 내렸다.

"아이를 낳아 기른다고? 혹시 젖까지 물리나?"

제우스의 질문은 그를 둘러싼 각종 소문과 전설처럼 어

떤 음험한 욕구가 불러일으킨 농담이 아니었다.

소년처럼 순수한 탐구심에서 나온 진담이었다.

오딘은 그것을 쉽게 구별할 수 있었다.

그렇기에 가볍게 웃었다.

"그렇다네. 인간과 흡사하지."

"허, 주신계 천사를 그런 식으로 늘려왔다고? 대체 어디에 쓰려고? 혹시 관상용인가?"

"부족한 것을 채우려는 수작이지."

오딘이 씩 웃었다.

"부족한 것을 채워?"

"아아, 피곤하군."

안대를 한 늙은 신은 대답을 피하듯 철창에 자신의 커다란 등을 기댔다.

오딘과 제우스 사이에는 흰색 빛을 내는 철창이 놓여 있었다.

오딘의 등이 닿자마자 철창들이 맹렬하게 반응했다.

다른 문을 열고 가벼운 무장을 한 젊은 주신계 천사 두 명이 들어왔다.

"무슨 일이십니까?"

둘은 꽤 놀란 얼굴이었다.

그들은 철창에 오딘이 등을 기댄 채 앉아 있자 상당히 허망한 표정을 지었다.

"오딘님이시여, 왜 그곳에 기대어 계십니까?"

그곳은 감옥이었다. 그리고 방금 들어온 주신계 천사들은 간수였다.

오딘은 앞으로 굽힌 자신의 등을 엄지로 가리켰다.

"자네들도 내 나이가 되어보게. 이러한 자극조차 없으면 시간조차 망각하게 된다네."

간수들이 잠깐 동안 말을 잃었다.

"오딘님이 아니라 일반적인 신들이었다면 그 철창의 모양대로 몸이 조각났을 겁니다."

"무서운 이야기는 제발 삼가 주십시오."

그러자 오딘의 반대편에서 또다시 철창들이 반응하는 소리가 났다.

그 소리는 기름에 동물 고기가 튀겨지는 소리에 가까웠다. 그리고 그 소리를 내는 장본인은 제우스였다.

제우스는 철창으로 자신의 수염을 보란 듯이 정돈하고 있었다.

그 아리스톤 합금 철창에는 간수들의 말대로 신의 육체마저 쉽게 절단할 수 있는 힘이 깃들어 있었다.

그리고 그 힘을 부여한 자는 하이볼크였다.

젊은 간수들은 그 대단한 물건들로 장난을 하는 두 고대의 창조주들을 보며 엄청난 피로감을 느꼈다.

"이 일은 피엘 플레포스 비서관께 보고하지 않겠습니다. 그러니 부디 자제해 주십시오."

"음, 알았으니 신경 쓰지 말고 어서 가보게."

오딘은 나가보라는 손짓으로 간수들을 재촉했다.

감옥이긴 하지만 제우스가 있는 방은 누군가를 가두기 위한 곳이라기보다는 '모시는' 곳에 가까웠다.

벽은 잘게 간 흰색 돌을 뿌린 것처럼 담백했고 침대와 역시 지내기에 불편함이 없을 만큼 고급이었다.

사실 사치였다. 모든 것을 잃고 목숨, 아니, 존재만을 건졌다는 사실에서 온 상실감으로 가슴이 뻥 뚫린 제우스의 입장에서는 앉아 있을 공간만 주어져도 문제가 없었다.

"그러고 보니 피엘 플레포스 비서관이 안 보이는군."

감옥 안에서 제우스가 말했다.

"그 보기 좋은 아가씨는 어딜 갔나?"

제우스의 질문에 간수들은 꽤 오랫동안 서로를 쭈뼛쭈뼛 바라보기만 했다.

"아마도 출장을 가셨겠지요."

"저희는 광역감찰부 소속이 아니라서 잘 모릅니다."

"흠, 그렇군."

제우스는 철창에 대고 장난을 치던 수염을 손으로 정돈

했다.

"그 아가씨 몸매가 대단히 좋았는데 말이야. 애도 잘 낳을 것 같고."

그의 태도에 말문이 막혀 버린 간수들은 간단히 인사를 한 뒤 서둘러 제우스의 감옥을 빠져나갔다.

제우스가 앙상한 팔을 굽혀 팔짱을 꼈다.

"정말 신기한 아가씨지. 그 아가씨의 시공간은 언제나 일그러져 있거든."

중얼거린 제우스가 자신을 향해 등을 보이고 있는 오딘을 검지로 찔렀다.

"자네는 그런 것을 못 느꼈나? 아스가르드의 진정한 전사라서 여자에 흥미가 없다고 하면 혼쭐을 낼 걸세."

"후후."

오딘이 코웃음소리를 냈다.

"피엘 플레포스는 비운의 여성일세. 자네의 보물인 지노그를 소유하고 있기도 하지."

"음, 들어서 알고 있네. 그런데 지노그가 불행의 징표는 아니지 않나?"

"일반적인 주신계 천사는 지노그의 온전한 힘을 끌어낼 수 없네. 그건 주인이자 창조주인 자네가 더 잘 알겠지?"

"물론이지."

제우스가 고개를 뻣뻣하게 치켜들었다.

"지노그는 소유자가 알고 있는 모든 병장기의 모습과 그 능력을 재현할 수 있다네. 하지만 그 능력을 완전히 발휘하기 위해서는 신의 육체, 혹은 신에 가까운 육체가 필요하지. 물론 그 기능을 쓰지 않아도 강력한 무기라 상관없네만."

"그렇다네. 그런데 피엘 플레포스 양은 지노그의 능력을 전부 발휘할 수 있다네."

제우스가 눈을 부릅떴다.

"뭣이?"

"그래서 그 아가씨의 현역 시절 별명이 '천기병장'일세. 천 가지가 넘는 병장기를 다루는 자라는 뜻이지."

"어떻게 그게 가능하단 말인가? 주신계 천사라는 종족의 능력이 그렇게 뛰어난가?"

"그럴 리가."

오딘이 수염을 쓰다듬으며 웃었다.

"그 아가씨는 그 능력을 갖기 위해 온몸의 골격을 아리스톤으로 대체했다네. 자네를 가두고 있는 이 철창보다 순도가 더 높은 녀석이지."

그 말에 제우스가 검지로 철창을 쓰다듬었다.

강렬한 반응이 그의 손가락을 자르고 소멸시키기 위해 반응했지만 제우스의 능력을 뛰어넘지 못해 불똥만을 뱉어

냈다.

"이것보다 순도가 높으면 틀림없이 죽을 텐데?"

"그렇다네. 그런데 살았지."

"호오. 그렇다면 이 세계의 말로 했을 때 '이레귤러(Irregular)'겠군."

"거기까진 잘 모르겠네만."

모른다고 했지만 표정은 아니었다.

"아무튼 그 영향인지 피엘 플레포스는 지노그를 제대로 사용할 수 있었네. 내 예상이지만 하이볼크는 그렇게까지 해서라도 하이엘바인과 비슷한 존재를 손에 넣고 싶었던 것 같네. 물론 실패했지. 한계는 뚜렷했거든."

"한계라……."

말끝을 흐린 제우스가 씩 웃었다.

"하이볼크의 한계인가, 아니면 그 아가씨의 한계인가?"

"글쎄? 후후."

두 창조주는 서로 웃기만 했다.

"지금은 아리스톤 골격을 제거하고 본래의 골격으로 되돌려 놨다고 하는데, 자네의 말대로 그 아가씨는 시공간을 일그러뜨리고 있지. 게다가 본래의 골격으로도 지노그의 능력을 발휘할 수 있네. 신기하지?"

"꿍꿍이가 느껴지는군."

제우스의 흥미가 깊어졌다.

"아까 부족한 것을 채우려는 수작이라고 했지? 피엘 플레포스에 대해 들으니 주신계 천사들에 대한 궁금증이 생기는군. 그에 대해서 말을 해보게."

제우스가 묻자 오딘은 검지로 자신이 앉아 있는 복도 바닥을 지그시 눌렀다.

"우리 세대의 신계엔 있고 이번 세대 신계엔 없는 것이 있지. 무엇이라 생각하나?"

"흠, 퀴즈라……. 어느 시대를 불문하고 재미있는 놀이지."

팔짱을 낀 제우스는 잠시 생각 후 입을 열었다.

"설마 천사들로 신앙심을 채운다는 말인가?"

"후후, 자네는 역시 좀 다르군."

오딘이 껄껄 웃었다.

"선신계 천사의 수명은 자연적으로 약 2,500년 정도일세. 3,000년 이상 존재한 천사도 있지. 그리고 천사 한 명이 가질 수 있는 신앙심의 크기는 초당 발생하는 수치로 계산했을 때 같은 몸집의 인간 한 명보다 약 1,200만 배 정도 크네."

"호오."

제우스가 미소를 지었다.

오딘은 계속해서 거침없이 말했다.

"신앙심의 순도는 말할 것도 없지. 인간은 신을 의심하거나 자기 자신을 위해 신앙을 이용하려 할 때가 있지만 주신계 천사들은 그렇지 않거든. 그들은 순수한 마음으로 하이볼크를 믿고 의지하며 사랑한다네."

"흥미롭군!"

제우스가 무릎을 쳤다.

"천사 열 명이면 신앙심이 풍부한 인간 1억 2천 명과 같다는 게 아닌가? 종교 사제 정도의 능력을 지닌 인간 1억 2천 명을 모으기란 쉽지 않지."

힘을 잃고 피골이 상접해 버렸지만 제우스의 눈동자 속에 맺히는 푸른빛은 제우스 자신이 올림포스에서 가장 위대한 신이었다는 사실을 증명하듯 위엄이 넘쳤다.

"신앙의 순도를 따져보면 그 이상의 수치가 나오겠어."

제우스가 말했다.

"그래, 수명. 천사들의 수명이 약 2,500년이라고 했지? 그렇다면 단위가 한참은 더 바뀔 것이야. 하이볼크는 자기 집 마당에 정말 멋진 유토피아를 만들어놨군."

"나의 후계자로서 나타난 자일세. 그 정도는 해줘야겠지."

오딘이 짓궂게 웃었다.

"후후, 나도 자네처럼 하이볼크의 심부름을 다녀야겠군. 이제 팔아먹을 자식들도 없으니 말이야."

자식에 대한 그의 얘기에 오딘의 표정 한구석이 불편해졌다.

"정말 모두 죽었을 것이라 생각하나?"

"죽지 않고 살아남아도 상관없네."

제우스는 침대를 옆에 두고 바닥에 드러누웠다.

"나를 찾아와 복수를 하겠다고 한다면 받아줘야지, 어쩌겠나? 내가 그런 것도 각오하지 않고 목숨을 구걸했을 거라 생각하나?"

"우울하게 들리는군."

오딘의 한탄에 제우스는 쓴웃음을 지었다.

"미래가 없지 않나? 제 아무리 창조주였다 해도 시대가 바뀌면 그냥 힘이 센 존재일 뿐, 신은 아니야. 할 수 있는 게 아무것도 없는 무력한 존재란 말일세."

"……."

"복수라……."

제우스의 목소리가 높아졌다.

"만약 내가 자식들에게 복수를 당하여 소멸된다면 난 그 한순간 나의 존재 의미를 느끼고 기뻐할 수 있을 것이네. 진심으로 말이야."

"흠."

오딘이 턱수염을 긁적거렸다.

"아무래도 상심을 크게 한 것 같군."

"상심? 그냥 짜증이라고 해주게."

오딘은 바닥에 드러누운 채 자존심을 세우는 그 옛 신을 지그시 바라봤다.

"내가 눈이 번쩍 뜨일 정도로 흥미로운 얘기를 해주겠네."

제우스가 고개만 들어 오딘을 봤다.

"흥미로운 얘기? 또?"

"그렇다네."

제우스의 눈만큼이나 오딘의 눈에도 위엄이 있었다.

제우스와 다른 점은 그 위엄만큼이나 진한 매력이 있다는 사실이었다.

얘기는 시작도 안 했지만 깊은 흥미를 느낀 제우스는 슬그머니 정좌를 했다.

"혹시 '쉬프터'라는 집단에 대해 들어봤나?"

"쉬프터?"

"피엘 플레포스 비서관의 말을 들어보니 하이볼크의 신계에서는 잠정적으로 그 이름을 쓰는 것 같더군."

제우스는 자신을 이 감옥까지 안내해 준 그 금색 단발머리의 선신계 천사를 떠올렸다.

다른 것은 몰라도 한번 흥미를 가진 여성에 대해서는 절대로 잊어버리는 일이 없는 신이 바로 그였다.

"이 세상에서 그 이름을 쓴다면, 다른 세상에서는 다른 이름을 쓰나?"

"아스가르드에서는 '라타토스크'라고 불렸네. 듣기로는 쉬프터들이 자네의 탄생에도 손을 댔다고 하더군."

"내 탄생에까지?"

"그렇다네. 자네는 올림포스가 만들어지기 전, 크로노스를 몰아내기 위한 지혜를 자네의 아내인 메티스에게 빌렸을 것이네. 그리고 메티스는 약을 만들어냈지."

"음, 그래. 확실히 기억하네."

제우스의 눈가에 그리움이 잠깐 스쳤다.

"정말 총명한 여자였어. 그녀가 준 약이 아니었다면 난 형제들을 구해낼 수 없었을 것이고 올림포스 역시 만들어지지 않았을 것이네."

오딘이 그의 표정을 지그시 지켜봤다.

"메티스님을 아끼는가?"

오딘이 묻자 제우스는 말없이 끄덕거렸다.

"그렇다면 각오하고 잘 듣게."

"각오?"

아스가르드의 옛 주신은 올림포스의 옛 주신을 향해 얼굴을 가까이했다.

"생각해 보게. 크로노스는 창조주 급 신이야. 우리와 같지."

그가 속삭였다.

"그 모든 것에 면역된 최고의 존재가 약을 먹고 구토한다는 것이 말이 되는가?"

"……"

흥미에 잠깐 반짝거렸던 제우스의 늙은 눈동자가 갑자기 젊은이의 것처럼 생생해졌다.

"그들이……! 흑막이 실존한단 말인가?"

"그렇다네."

오딘이 엄지로 자신의 가슴을 찔러 보였다.

"나 역시 당할 뻔했지."

창살을 사이에 둔 채, 오딘은 검지를 펴서 제우스를 지적했다.

"자네는 그 흑막이 누구인지 알고 있어."

"내가?"

의문을 가지는 제우스를 향해 오딘은 고개를 끄덕였다.

"저번에 나에게 물었지 않나? 감적색의 옷을 입고 가면으로 얼굴을 감춘 자를 아냐고 말이네."

그 말이 끝난 즉시 제우스의 눈에 힘이 잔뜩 들어갔다.

"녀석들!"

그의 모든 것을 가로막기 위해 설치된 아리스톤 합금 철창이 갑자기 증가한 제우스의 힘을 이기지 못하고 까맣게 타들어 갔다.

간수들이 다시 들어왔을 때 철창은 이미 흔적도 없이 사라져 있었다.

제우스는 여전히 자리에 앉아 있었지만 전류가 흐르는 파란색 눈빛을 사납게 뿜어내는 그의 모습에 압도되고 말았다.

철창에 이어 벽까지 산화되었다.

오딘이 철창 앞에서 제우스의 힘을 억제하지 않았다면 간수들까지 그 꼴이 됐을 것이다.

"온갖 이간질과 신을 모독하는 전염병으로 올림포스를 와해시킨 놈들! 결국 그들 때문에 난 제대로 싸워보지도 못하고 하이볼크의 발 앞에 무릎을 꿇어야 했지!"

"진정하게."

"진정할 수가 있는가? 나와 그대 모두 그 녀석들 때문에 모든 것을 잃었네!"

제우스가 오른손으로 감옥의 바닥을 내리쳤다.

오딘이 억제시키는 것은 제우스의 힘이 밖으로 빠져나가는 것 정도이기 때문에 감옥과 건물이 흔들리고 금이 가는 것까지는 막을 수 없었다.

위협을 느낀 간수들이 교신기를 들고 어딘가에 연락을 하려 하자 오딘이 손을 들어 그들을 말렸다.

"나에게 맡기게."

두 명의 간수는 슬그머니 교신기를 내렸다.

그다지 좋은 행동은 아니었다.

무슨 일이 발생했을 때, 특히나 그것이 긴급한 일일 경우 상부에 보고를 하는 것은 원칙이었다.

하지만 간수들은 감옥에 있는 인원 모두가 투입되어 봤자 분노한 옛 주신을 말리기는커녕 몸에 손도 대기 전에 가루가 되어버릴 것이라는 사실을 잘 알고 있었다.

가장 현명한 방법은 오딘을 믿는 것뿐이었다.

제우스는 오딘의 그런 행동에 더욱 분노했다.

"자네, 정말로 하이볼크의 하수인이 된 건가? 녀석은 그 흑막과 손을 잡고 반역을 저질렀을 수도 있단 말일세!"

"그에 대해서는 내가 보장하지."

"보장?"

"지금 중요한 것은 그 흑막, 쉬프터들을 포착하는 방법일세."

오딘이 그를 설득했다.

"난 쉬프터들의 존재와 모습을 간접적으로 알 뿐, 직접 보지는 못했네. 반면 자네는 쉬프터들에게 당했음에도 불구하고 녀석들의 모습을 기억하고 있지."

"그래서, 도와달라는 건가?"

"그렇다네."

"거절일세!"

제우스는 오딘의 수염을 붙들고 잡아당겼다.

"자네가 하이볼크 밑에서 무슨 영광을 누리려는지 잘 모르겠지만 난 나의 모든 것을 날려 버린 반역자의 밑에서 일할 만큼 욕심이 많은 자가 아니야."

"……."

"꼴을 보아하니 하이볼크와 자네 모두 그 흑막 때문에 골치깨나 썩는 모양이군. 자네야 바라는 바가 있을 테니 그렇겠지만 난 이제 아무것도 원하지 않아. 그냥 쉬고 싶을 뿐이야."

제우스가 오딘을 떠밀었다.

오딘이 감옥의 문 뒤편으로 밀려나자마자 제우스의 힘에 의해 부서졌던 모든 것들이 원래의 모습으로 돌아왔다.

오딘은 멀쩡하게 빛을 내는 아리스톤 합금 철창을 보며 쓴웃음을 지었다.

'아리스톤 합금까지 이렇게 간단히 재생시키다니, 역시 주신이었던 자답군.'

감옥의 복도 바닥에 쓰러지듯 앉아 있던 오딘이 다시 일어났다.

"푹 쉬게. 다음에 다시 오지."

제우스는 돌아서서 앉을 뿐, 말이 없었다.

오딘은 간수들과 함께 감옥 밖으로 나갔다.

"감옥은 의미가 없군요."

뒤따라오던 간수 중에 한 명이 식은땀을 닦았다.

그들 앞에서 걷던 오딘이 웃음소리를 냈다.

"힘이 조금 빠졌을 뿐, 자네들의 창조주인 하이볼크와 마찬가지로 강력한 존재일세. 쪼글쪼글한 늙은이라고 생각하면 큰일이야. 목숨을 각오하고 화를 내면 주신계가 날아갈 수도 있으니 성심껏 예의를 갖춰주게."

"알겠습니다, 오딘님."

거기서 끝날 줄 알았던 대화는 다른 한 명의 간수가 오딘을 부르면서 다시 이어졌다.

"송구합니다만, 오딘님."

"음?"

"방금 전에 들었습니다만, 흑막이 대체 무엇입니까?"

"아, 그 이야기 말인가?"

오딘이 활짝 웃었다.

순간 그의 거대한 두 손이 간수들의 머리를 감쌌다.

손이 오딘의 덩치만큼이나 컸기에 간수들의 모양새는 꼭 다섯 개의 촉수를 가진 구릿빛 괴물에게 머리를 물린 것처럼 보였다.

"잊게."

오딘의 손아귀에서 푸른색 빛이 터졌다.

그들에게서 손을 뗀 오딘은 다시 걸음을 옮겼다.

"그만 가세."

"아, 예. 오딘님."

잠깐 멍한 상태로 서 있던 간수들은 자신들이 기억을 잃었거나 의식을 되찾았다는 사실조차 모른 채 오딘을 따라 이동했다.

형무소 건물을 나온 오딘은 정문을 장식하고 있는 칠색(七色)의 대형 분수 앞을 지나갔다.

그의 뒤를 분수 앞에 서 있던 회색 원피스 차림의 작은 소녀가 아장아장 따라갔다.

인파가 적지 않은 공원에 들어간 오딘은 가족 단위로 온 주신계 천사들의 시선을 한 몸에 받았다.

어지간한 여성의 두 배가 넘는 키에 덩치 또한 짐승 같은 존재가 나타나니 어쩔 수 없는 일이었다.

뒤따라오던 소녀와 함께 노점상으로 간 오딘은 커다란 잔에 든 술 한 잔과 사탕 하나를 사서 근처에 있는 벤치에 앉았다.

술은 자신이 쥐었고 사탕은 옆에 앉는 소녀에게 건네주었다.

"정말 별난 취미로군."

중얼거린 오딘은 술로 목을 축였다.

소녀는 사탕의 포장지를 벗겨 입에 물었다.

소녀의 분홍색 입술 밖으로 나온 사탕의 하얀 손잡이가
이리저리 꼼지락거렸다.

"제우스께서 많이 흥분하신 듯하오."

소녀의 말에 오딘은 고개를 흔들며 웃었다.

"흥분 안 하게 됐나? 다짜고짜 도와달라고 하는 내 자신
이 창피할 정도였다네."

술잔을 옆에 놓은 오딘이 소녀를 곁눈질로 봤다.

"그러니 제발 내 앞에 그런 모습으로 나타나지 말게나.
주신이라는 자가 그런 모습으로 돌아다니면 품위가 떨어진
다니까?"

"오딘님 외에 나를 알아보는 자가 누가 있겠소?"

소녀가 그를 응시했다.

"쉬프터에 대한 이야기를 해봅시다."

"그러지."

오딘이 다시 술 한 모금을 입에 물었다.

"녀석들이 또 무슨 사고라도 쳤나?"

"로키가 죽었소."

오딘의 두꺼운 팔에 힘이 들어갔다.

"결국 그렇게 됐나?"

아쉬움이 반쯤 빈 술잔 속으로 쏟아졌다.

"가장 믿음직한 친구를 잃어버렸군."

술잔을 옆에 내려놓은 오딘은 꽉 마주잡은 손 위에 턱을 괴었다.

"그 친구는 총명했네. 신도 속일 수 있는 재주의 소유자 였지. 그 정도라면 쉬프터들도 속일 거라 생각했고 내 생각 은 들어맞았네. 그는 모든 아스가르드 신의 원한을 샀지. 가장 친한 친구인 토르의 미움마저도 말이야."

그는 주신계의 하늘 높이 술잔을 들었다.

"좋은 곳으로 가게, 총명한 자여. 브리간트에게는 내가 잘 얘기해 주겠네."

그가 술을 막 마시려는 찰나, 소녀의 모습을 한 하이볼크 가 그의 팔에 손을 댔다.

"즐거워할 일은 아니오."

"아니라니?"

"당신께서 나에게 말하지 않은 변수 하나가 파프니르들 을 깨웠소."

아쉬움에 젖어들던 오딘의 안색이 단번에 변했다.

"깨워? 파프니르를? 지금?"

"모두 일깨워졌소. 대다수의 파프니르는 전부 쉬프터들 에게 확보됐고 코어만 남은 파프니르가 서룡족에게 갔소."

"모두? 그렇다면 분명 '거인'이 그곳에 내려갔을 텐데……?"

"그렇소. 한 명의 거인이 하이엘바인의 손에 제거되었소."

"이런!"

그가 손아귀에 힘을 꽉 주었다.

나무를 깎아 만든 술잔과 술이 그 자리에서 소금이 되어 땅으로 쏟아졌다.

그 상황에 신경 쓰는 주신계 천사는 아무도 없었다.

하이볼크가 미리 손을 써서 이쪽을 감추고 있었기 때문이다.

"아직 이쪽의 의도가 파악되진 않았지만 쉬프터들이 역으로 거인들을 사냥하고 있소. 방주가 발견되는 것은 시간 문제요."

"음……."

굵은 목소리를 내어 감정을 조절한 오딘은 밑에 쌓인 소금 더미에 손을 댔다.

아까 부서졌던 잔과 술이 원래의 모습으로 돌아와 그의 손에 잡혔다.

"대책은 있나?"

"피엘과 지크를 방주로 보냈소. 거기서 계획대로 대체인력을 확보하면 어느 정도 방어가 가능할 것이오."

"으음."

오딘이 고민스레 고개를 저었다.

"이러다가는 자네가 세웠던 대책까지도 무용지물이 되겠군."

"그보다 하이엘바인이 걱정이오."

"어째서?"

"가브리엘에 의해 제압당한 힘을 모두 되찾았지만 쉬프터의 도움을 받은 것 같소. 하이엘바인으로 시간을 끌자는 계획이 엉망이 되면 그때는……."

"그건 걱정하지 말게."

오딘은 술이 얼마 남지 않은 술잔을 좌우로 흔들었다.

"그 아이는 그렇게 간단히 당하지 않을 것이네. 내가 쉬프터들을 상대하기 위해 모든 것을 쏟아부어 창조한 아이야. 그러니 그 문제에 대해서는 신경 쓰지 말게."

"……."

"대체인력에 대해서 얘기해 보세."

"그럽시다."

하이볼크는 사탕이 모두 녹아 사라진 막대를 입에서 빼고 거기에 입김을 불어넣었다.

자주색의 사탕 덩어리가 열매처럼 다시 맺혔다.

하이볼크는 혀끝으로 사탕을 핥았다.

"자네가 저번에 준 그 대체인력의 자료를 봤네."

오딘이 말했다.

"성격이 대단하더군. 바이론이라는 녀석과는 아주 다른 방향으로 미쳐 있던데, 정말 괜찮겠나?"

"후후."

하이볼크가 웃었다.

"그런 불꽃도 필요하지 않겠소?"

"으음……."

"그리고 방주 출신의 대체인력이 얼마나 뛰어난지는 직접 봐서 아시지 않습니까?"

"그렇긴 하네만……."

오딘은 상당히 힘들어했다.

"잘 됐으면 좋겠군."

말끝에 실린 묵직한 여운이 얼마 남지 않은 술과 함께 그의 목구멍 속으로 넘어갔다.

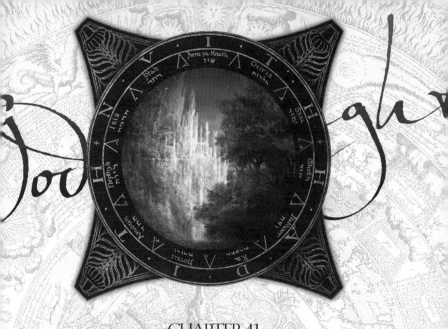

CHAPTER 41
흑막

GodsKnight R

로키가 비숍들에게 당할 그 무렵.

부엌에 혼자 들어간 클라라는 선반 위에 있는 과자 봉지를 물끄러미 쳐다봤다.

높긴 해도 뛰어서 잡으면 되는 문제였다.

클라라는 충분한 도약력을 갖고 있었고 여태까지 자신의 놀라운 신체 능력을 이용하여 키와 관련된 문제를 극복해 왔다.

하지만 스트라케가 본래의 모습을 되찾은 뒤부터 그녀는 그렇게 멍하니 높이를 곱씹을 때가 많았다.

"어이, 클라라!"

수건을 옆에 낀 스트라케가 부엌으로 들어왔다.

"목욕하자! 아, 오늘도 덥네?"

친구의 제안에 클라라가 부엌 창밖을 봤다. 점심이 가까워진 만큼 햇볕도 강했다.

클라라와 함께 저택의 목욕탕으로 들어간 스트라케는 금방 땀 투성이가 되었다.

목욕탕에는 구석에서 더운물을 끓여 그 수증기를 통해 기온을 올리는 장치가 되어 있었는데, 덕분에 스트라케의 단단한 몸은 단 몇 분도 지나지 않아 기름이라도 칠한 듯 번들번들하게 변했다.

"이 기계를 만든 사람은 정말 천재야! 그렇지 않아?"

"전투."

장난감 병정 모습의 클라라는 갑옷 하단의 치마만을 제거한 채 욕탕 속에 들어갔다.

그냥 척 보면 물에 빠진 강철 인형처럼 보였지만 클라라는 편안한 눈빛으로 자신의 몸속에 들어온 뜨거운 물을 즐겼다.

"역시 뜨거운 물로 목욕하는 게 제일 좋아. 세상의 온갖 더러운 게 전부 씻겨 나가는 느낌이라고."

스트라케는 선이 뚜렷한 근육으로 뒤덮인 자신의 육체에

향료가 잔뜩 섞인 비누칠을 했다.

"클라라, 넌 어때?"

스트라케가 즐거운 표정으로 물었다.

클라라가 들어 있는 욕조 속에서 '전투'라는 발음에 맞춰 거품이 부글부글 올라왔다.

"하하, 어서 하이엘바인님이랑 함께 목욕하고 싶네. 내가 늑대의 모습이었을 때는 그분의 등을 밀어드릴 기회가 없었잖아? 흐흐, 본래의 모습이라는 게 이렇게 좋을 줄은 몰랐어."

그러자 클라라의 눈초리가 날카로워졌다.

"아, 미안."

스트라케가 당황하여 사과했다. 하지만 클라라는 고개를 돌린 채 그녀의 사과를 받아주지 않았다.

"미안, 정말 미안해!"

"전투, 전투."

"아, 그래! 장기를 배울게! 게으름 안 피우고 장기를 배울 테니까 제발 용서해 줘!"

"전투?"

"그래, 진짜야!"

"전투, 전투."

클라라가 그제야 눈빛을 풀었다. 스트라케는 가슴을 쓸

어내렸다.

　목욕을 마친 클라라는 스트라케에게 장기를 가르쳐 주기 위해 거실로 향했다.

　그러나 장기를 배우겠다고 약속했던 스트라케는 검술을 가르쳐 달라는 용병들의 통사정을 이기지 못하여 일찌감치 자리를 이탈하고 말았다.

　"전투."

　혼자 장기판을 든 채 가만히 서 있던 클라라는 눈빛을 찡그리더니 서재로 향했다.

　그녀가 서재에 들어간 이유는 그곳이 휀이 항상 있는 장소 중 한 곳이기 때문이다.

　휀은 자신의 방, 거실, 식당, 정원 외에 다른 곳을 가는 법이 없었다.

　식사는 끝났고 거실은 빈 것을 확인했으며 밖에는 비가 내리고 있었다.

　휀이 갈 만한 곳은 저택 밖 아니면 서재뿐이었다.

　힘겹게 서재의 문을 연 그녀는 서재 내에 휀은커녕 아무도 없다는 사실에 실망했다.

　"전투……."

　하지만 등불들이 꺼지지 않았고 휀의 냄새는 진하게 남아 있었다.

그가 잠깐 다른 곳에 갔을 거라 생각한 클라라는 장기판을 들고 서재로 들어갔다.

그녀는 책상 위에 장기판을 놓고 의자에 앉았다.

장난기가 발휘됐는지 책상에 엎드려 보기도 하고 책상 밑에 들어가 보기도 했다.

책상 밑에 들어가니 목욕을 한 뒤에 오는 수면욕이 그녀를 괴롭혔다.

"전투우……."

잠을 참는 것은 고문이었지만 아예 자버린다고 해서 뭔가 위험해지는 것도 아니기에 그녀는 결국 번데기 속의 애벌레처럼 책상 밑에 웅크리고 앉아 잠에 빠졌다.

몇 분 후, 횃이 교신기를 든 채 서재로 들어왔다.

"몰살을 당했다고? 헤라클레스는?"

교신기에서 들려온 응답은 항상 차갑기만 하던 횃의 눈 속에 분노의 불길을 심어놓았다.

"추가적인 사항이 있으면 다시 연락하도록."

교신을 마무리한 횃은 책 위에 교신기를 던지듯 올려놓은 뒤 의자에 앉았다.

그는 책상 속에 클라라가 잠들어 있는 것도 모른 채 책상 한가운데에 놓인 백지를 손으로 구기며 격분했다. 그 분노가 그의 의식에서 클라라를 지우고 있었다.

"네오 올림포스? 사실인가?"

그는 자신이 전해들은 이야기를 믿을 수가 없었다.

정보상으로, 그들의 상대는 네오 올림포스였다.

사바신과 레디만이 당했으면 모를까 바이론과 헤라클레스까지 껴 있는 상황에서 몰살당했다는 것은 그들의 실력에 대해 잘 알고 있는 휀의 입장에서 도저히 납득할 수 없는 일이었다.

고민하던 그의 눈에 장기판과 장기알이 든 상자가 보였다.

'이게 왜 여기 있지?'

그는 그 뜬금없는 물건들의 모습에 더욱 화가 났다.

"......"

그것들을 집어 던지려다가 참은 휀은 일단 마음을 정돈할 겸 장기 세트를 거실에 놓고 오자고 마음먹었다.

그가 방문을 여는 순간 나무가 강철에 꿰뚫리는 큼지막한 소리가 서재에서 터졌다.

뒤를 돌아본 휀은 방금 전까지 자신이 앉아 있던 책상 밖으로 다리 한 쌍이 튀어나와 있는 것을 목격했다.

갑옷으로 튼튼히 보호된 그 다리는 휀의 눈앞에서 어떻게든 일어나기 위해 이리저리 버둥거렸다.

"아, 이런 남사스러운 일이……!"

명확한 아스가르드의 언어였다.

다리의 주인이 용을 쓰자 부서지고 밀려난 책상과 여기저기 얽혀 버린 서재까지 기우뚱거렸다.

휀이 보는 가운데, 다리의 주인이 책상과 책들을 힘껏 헤치고 모습을 드러냈다.

휀과 정확히 눈을 마주한 그녀는 자신을 중심으로 일어난 대재난을 한참 둘러보더니 이내 두 주먹을 불끈 쥐고 머리 위로 올렸다.

"전투!"

"……."

휀이 한숨을 쉬었다.

"저와 얘기를 좀 하셔야겠습니다."

"저, 전투……."

그녀의 소극적인 모습을 본 휀은 눈에 힘을 주었다.

"지금 당장 말입니다."

"송구해요."

똑바로 말을 한 클라라는 두 손을 아랫배 위에 곱게 포갠 채 서재를 나갔다.

아직 쓰러지고 무너지지 않은 책들이 이후 본격적으로 바닥에 쏟아졌다.

휀은 클라라의 팔을 붙들고 저택을 빠져나왔다.

저택 밖에서 리즈와 올리버에게 검술을 가르쳐 주던 스트라케는 그 모습을 보고 경악했다. 리즈 역시 자신의 눈을 더듬으며 당혹해했다.

"라, 라디언트님? 클라라? 어떻게 된 겁니까?"

리즈가 얼른 그들을 붙잡고 물었다.

"클라라님께서 갑자기 본래 모습으로 돌아오셨다. 네 힘과 관계없이 말이지."

"돌아왔다고?"

스트라케가 클라라를 붙잡고는 그녀를 세심히 살폈다. 철 냄새가 나는 장난감의 모습에서 완전히 벗어난 것은 분명한 사실이었다.

"어떻게? 내가 본모습으로 돌아올 때와 똑같은 경우인가?"

"그걸 알아내기 위해 이 도시의 유적으로 가볼 생각입니다."

"그럼 나도 가겠네!"

그녀가 클라라의 일을 그냥 보고 있을 리는 없었다.

"저도 같이 가면 안 되겠습니까?"

이번에는 리즈가 휀 쪽으로 두어 발자국 걸어왔다.

"친구로서 클라라의 일을 가만히 두고 보란 말입니까?"

"도련님……!"

클라라가 감격했다.

"가만히 두고 볼 기회를 주지. 지금 갈 곳은 인간이 버틸 수 있는 장소가 아니니 스트라케님과 함께 남아 있도록."

"윽, 이보게!"

스트라케가 발끈했다.

"클라라가 곤경에 처했는데 나보고 가만히 있으라는 건가?"

"그렇다면 이곳은 어찌 됩니까?"

휀과 스트라케, 클라라를 제외하고 저택 내에서 네오 올림포스의 공격에 대항할 수 있는 자는 아무도 없었다. 스트라케도 모르는 바는 아니었기에 얼마 못 가 수긍했지만 표정만은 영 아니었다.

"그럼 다녀오겠습니다, 스트라케님."

인사를 한 휀은 클라라와 함께 저택을 나갔다.

모두가 걱정하는 한편, 저택 내의 자신의 방에서 그들을 평소와 다른 눈으로 지켜보는 사람이 있었다.

올리버의 누나이자 저택에서 가장 오래된 식구인 도로시였다.

*   *   *

휀이 클라라를 끌고 간 곳은 공작의 성 지하에 있는 유적이었다.

예전에 왔을 때와 달리 공작과 그의 부하들이 알아차리지 못하도록 은신하여 들어온 휀과 클라라는 목적지인 계단을 통해 지하로 내려갔다.

승강기를 거쳐 대리석으로 된 도시의 폐허에 도달한 휀은 도시를 뒤집어서 만든 듯한 반구형의 내부를 살핀 뒤 안쪽으로 들어갔다.

예전에 왔을 때와 달라진 점이 있었다.

바로 도시 내에 잔뜩 깔려 있던 망령들의 모습이 깨끗이 사라진 것이다.

침입의 흔적은 없었다.

하지만 휀은 허리에 찬 플렉시온과 오른손 사이에 이어진 보이지 않는 긴장의 끈을 늦추지 않았다.

휀은 유적 신전 중앙의 마지막 문을 열었다.

흰색의 가죽을 씌운 원형의 방패가 모습을 드러냈다.

메두사의 머리가 붙은 방패, 아이기스는 전과 똑같은 힘으로 방문객들을 압도했다.

'달라진 게 없는데……?'

그는 고민에 잠겼다.

'제우스의 체포와 렘런트의 전멸로 이제 이 물건을 노릴 만한 세력은 네오 올림포스밖에 없어. 네오 올림포스 역시 방패로 세력을 불릴 목적이라면 모르겠지만… 내가 모르는 다른 쓸모가 있지 않을까?"

휀은 클라라를 봤다. 얘기만 들었을 뿐, 이곳에 처음 오는 클라라는 눈만 멀뚱히 뜨고 있었다.

"클라라님."

"말씀하세요."

움찔한 클라라는 긴장된 표정으로 휀의 질문을 기다렸다.

"현 상황에서 이 방패를 가지고 할 수 있는 일은 무엇이겠습니까?"

"방패를 가지고요? 음, 당연히 공격을 막는 거겠죠."

대단히 당연한 답변이었다.

"하이엘바인님께서 말씀해 주셨는데요, 저 방패는 저기 매달려 있는 머리의 통찰력을 이용해 공격의 성질과 속성을 꿰뚫어보고 대응하는 능력을 갖고 있다죠?"

"그렇습니다."

"그렇다면 저 방패는 궁니르도 막아낼 수 있을 거예요."

"궁니르를 말입니까?"

"예. 궁니르도 물리적으로만 상대를 공격하는 무기가 아니거든요. 상대의 방어 수단을 해석하고 해체하는 무기이기 때문에 그 무엇이든 관통하고 베어낼 수 있지요."

휀은 다시 아이기스를 봤다.

"아이기스와 궁니르가 충돌한다면……."

"물론 궁니르가 이길 거예요. 힘의 근본이 다르니까요.
느낌상 아이기스는 높은 수준의 신이 힘을 부여했고 궁니
르는 오딘님께서 만드신 물건이에요. 창조주 급 신과 높은
수준의 신이 싸우게 되면 승부는 뻔하잖아요?"

"그래도 시간은 벌 수 있다 이겁니까?"

"그렇죠. 계산과 계산이 싸우는 거니까요."

뜻하지 않은 정보를 접한 휀은 스트라케에게 다시 물었
다.

"지금 상태는 어떠십니까?"

"좀 얼떨떨해요."

검은 장발의 클라라가 투구를 쓴 채 배시시 웃었다.

"당신께 걸려 있는 제한이 왜 풀렸는지 짐작이 되는 부분
이 있습니까?"

"짐작하기도 싫고 궁금하지도 않아요."

클라라는 볼을 부풀리며 고개를 휙 돌렸다.

"그 옛 모습은 떠올리기도 싫어요. 아마 그건 스트라케도
마찬가지일 걸요? 라디언트님이라면 아시겠죠. 우리들의
그 모습을 이해하고 받아들여주는 사람은 정말 한 세계에

백 명도 안 될 거예요. 그만큼 힘들다고요! 이렇게 원래 모습으로 돌아온 게 일시적인 현상이라면 그냥 그렇게 받아들이겠어요. 그러니 고민하는 것도 사양하겠어요."

"……."

스트라케를 본래 모습을 되돌려 줄 때, 휀은 아이기스를 이 유적에서 해방시킨 뒤에 파프니르를 없앴을 때처럼 복잡한 과정을 거쳐야 클라라 역시 본래 모습이 될 수 있을 것이라 생각했다.

하지만 그렇지 않았다.

그가 오늘 접한 특별한 사건이라고는 바이론과 사바신, 레디가 헤라클레스와 함께 네오 올림포스로 추정되는 적들에게 당했다는 주신계의 연락뿐이었다.

'바이론이나 사바신, 레디가 클라라님과 연결되었을 리는 없고……. 설마 헤라클레스와 관련이 있나?'

모를 일이었다. 하지만 외부의 간섭을 느끼지 못했던 현재로서는 헤라클레스와의 연관성이 있을 거라 추측하는 수밖에 없었다.

* * *

다음날 아침.

휀은 저택의 앞쪽 정원에 흔들의자를 들고 나갔다.

쉬기 딱 좋은 곳은 그늘이 곱게 지는 저택의 뒤쪽 정원이었지만 네오 올림포스의 습격으로 흙바닥이 되어버렸기에 선택지는 그곳뿐이었다.

코트를 벗어서 의자 등받이에 걸친 그는 눕듯이 의자에 앉았다.

의자를 앞뒤로 살짝 움직이는 여유도 부렸다.

그는 눈을 감고 생각에 잠겼다.

'내가 느낀 이질감은 신체의 문제가 아니야.'

그는 오디세우스와 싸울 때 느꼈던 이질감과 얼마 전 저택 내에서 느낀 이질감에 대해 생각해 보고 있었다.

그것은 비숍이 시공간을 가지고 장난을 친 영향인데, 그에 대해 전혀 알지 못하는 휀에게는 의심스러운 통증일 뿐이었다.

휀은 알게 모르게 모든 이들을 상대로 통증에 대해 알아봤다.

그 결과 그 두 번의 통증 모두 자신만이 느낀 것이었고 다른 이들은 평상시와 똑같았다.

깡마른 잠자리 한 마리가 그의 머리 위를 피해 정원 이곳 저곳을 날았다. 휀은 그 모습을 잠시 쫓다가 다시 자신의 생각으로 돌아왔다.

"휀님."

저택 가족의 고참이라 할 수 있는 도로시가 따뜻하게 데운 차를 들고 그의 곁으로 다가왔다.

"어딘가 안 좋으신가요?"

답이 없자 그녀는 멋쩍은 얼굴이 됐다.

마땅한 대화거리도 없었기에 둘은 한참 동안 서로 차나 마셨다.

어색한 시간이 계속 흐르는 것을 견디지 못한 듯 도로시가 휀에게 물었다.

"통증 때문에 고생하시는 것 같은데, 괜찮으신가요?"

"괜찮소. 일시적인 문제요."

휀은 도로시가 가져온 차를 마셨다.

달콤한 밀크티였는데, 자극적인 맛에 그다지 흥미가 없는 휀도 너그럽게 인정할 만큼 풍부하고 좋은 맛을 가지고 있었다.

도로시는 손을 등 뒤로 돌린 채 비비거나 연신 머리카락을 정돈하는 등 긴장을 달래기 위해 노력했다.

그녀는 휀에게 말을 걸고 싶어했다.

하지만 휀의 분위기가 워낙 그랬기에 그녀는 말조차 쉽게 꺼내지 못했다.

휀은 그러거나 말거나 고민을 계속했다.

그는 집무실과 진한 담배 연기, 그리고 얼음이 섞인 술이 가장 어울리는 남자였다.

누가 그렇게 말한 것도 아니고, 휀 스스로 그것들과 어울리기 위해 노력한 것도 아니다.

그냥 그런 것들이 그림처럼 떠올랐다.

"맛있었소."

휀은 찻잔을 도로시에게 건네주었다.

"예, 라디언트님."

그 직후 도로시가 다시 용기를 냈다.

"정확히 어디가 어떻게 아프신지 좀 들을 수 있을까요? 저라도 도움을 드릴 수 있을 겁니다!"

휀은 그녀를 잠시 바라보다가 의자 등받이에 똑바로 몸을 대며 눈을 감았다.

"뱃속에 통증이 좀 있소. 지금은 그렇게 심하지 않으니 신경 쓰지 않아도 된다오."

"아……."

"혼자 있고 싶소. 부탁드리오."

휀의 냉랭한 사양 의사에 도로시는 말없이 인사를 한 후 그의 곁을 떠났다.

휴방에서 벗어난 휀은 생각을 계속했다.

'오비탈 드라이브의 영향을 받아 생긴 일임은 확실해 보

이는군. 나와 다른 이들과 차이점은 이것뿐이야.'

그는 아까 어떤 용병에게서 얻어온 담배를 입에 문 뒤 불을 붙였다.

담배는 역시나 빠르게 타서 사라졌다.

찰나의 흡연을 즐긴 그는 꽁초를 멀리 날리며 생각했다.

'오비탈 드라이브의 부작용인가? 하지만 이렇게 사소한 부작용이 있다는 말은 들은 적이 없어.'

햇볕이 따뜻했다. 그 따뜻함에 취하듯 얼음 덩어리 같던 훼의 눈이 스르륵 감겼다.

"라디언트님."

자신을 부르는 목소리에 훼이 눈을 떴다.

그의 눈앞에는 안경을 쓴 금발의 여성, 피엘이 서 있었다.

그녀는 오른손에 지노그를 쥐고 있었다.

훼은 똑바로 일어나서 그녀를 대하려 했지만 몸이 움직이지 않았다.

"그냥 계세요. 수면 시에만 열리는 뇌파에 간섭한 거라 지금 눈을 뜨시면 저와 헤어지게 될 거예요."

쉽게 말해서 훼은 꿈을 꾸는 것이고 피엘은 그 꿈을 이용해 훼과 이야기를 나누려 하고 있었다.

"그만큼 중요한 일인가 보군."

"맞아요."

그녀가 빙긋 웃었다.

"비서관은 지금 어디에 있지?"

"약간 먼 곳에 있어요. 원래는 당신의 곁을 지켜주려고
했지만 다른 일이 생기는 바람에 여길 떠나게 됐답니다. 그
래서 가기 전에 당신께 얘기를 해주려고요."

"그럼 어서 하도록."

인정머리가 느껴지지 않은 말투였다.

하지만 피엘은 뭐가 그리 좋은지 볼을 붉히기까지 했다.

"슈렌님을 대체할 자가 확정됐고 이제 그를 영입하러 갈
예정이에요."

"임시인가, 아니면 영구영입인가?"

"임시예요. 영구적으로 데려오기에는 준비가 부족해서
어려울 것 같아요."

휀은 꿈을 꾸는 듯 몽롱한 눈으로 피엘을 바라봤다.

"예전에도 그랬지만 왜 하필 방주에서 대체인력을 모으
는 건가?"

"그곳 사람들만이 가능한 재주가 있거든요."

"그런 재주는 전혀 안 보이던데?"

"아직은 라디언트님께도 말씀드리지 못하는 부분이 많답
니다."

피엘이 미안해했다.

"하지만 라디언트님이라면 분명 스스로 깨달을 수 있으실 겁니다. 대체인력에 대한 것도, 그리고 라디언트님만이 느끼는 그 통증도……."

듣고 있던 휀의 눈썹이 꿈틀했다.

"효율이 떨어진다고 생각하지 않나?"

"예?"

"지금 나에게 필요한 것은 문제 해결을 위한 정확한 정보뿐, 수수께끼를 푸는 즐거움 따위가 아니야. 그런데 비서관은 항상 나를 시험하더군. 고약한 취미가 아닌가?"

"……."

"이번에 낸 수수께끼는 불쾌하기까지 하군."

휀은 보기 싫은 것을 대하듯 눈을 감았다.

"용건이 없으면 돌아가도록."

잠시 그를 바라보다가 고개를 숙여 인사한 피엘은 그녀 자신이 만든 환상들과 함께 휀의 의식 속에서 사라졌다.

휀은 다시 눈을 떴다.

맑았던 하늘은 어느새 남색으로 식어가고 있었다.

자신이 저녁식사 무렵까지 잠들어 있었음을 깨달은 휀은 눈썹과 관자놀이 등을 마사지하며 잠을 쫓았다.

"쓸데없는 짓까지 하다니……."

그 긴 수면은 피엘의 선물 아닌 선물이었다.

하지만 푹 잔 덕분에 그동안 쌓인 피로와 원인 모를 통증에서 벗어난 휀은 한결 가벼운 발걸음으로 저택에 들어갔다.

마침 거실에 있던 리즈가 그를 반겼다.

"아, 라디언트님. 편히 주무셨습니까?"

"음. 불쾌할 정도로."

그의 말을 선뜻 이해하지 못한 리즈는 옆에 있는 클라라와 함께 고개를 갸웃거렸다.

연보라색 머리의 여성이 스타인 가문의 저택에 온 것은 그로부터 몇 분 뒤의 일이었다.

"클라라와 스트라케를 만나러 왔소."

손님을 가장 먼저 맞이한 저택의 오랜 식구, 도로시는 대단히 놀란 얼굴이 되었다.

"친구이신가요?"

"전우라오."

작은 키, 가녀린 몸매와 전혀 어울리지 않는 중저음이 그녀의 목에서 흘러나왔다.

"성함이 어떻게 되시죠?"

"라피르라 하오."

도로시는 서둘러 그녀를 거실로 인도한 뒤 클라라와 스

트라케가 있는 식당으로 달려 들어갔다.

부드러운 거실 소파에 딱딱한 자세로 앉은 라피르는 수십 명이 동시에 사용할 수 있는 저택의 거실을 천천히 살폈다.

"좁은 방이군."

그 비교 대상은 오딘의 성인 발할라의 응접실이었다.

이윽고 시끄러운 소리와 함께 풍성한 연푸른색 드레스 차림의 클라라와 냅킨을 목에 두른 스트라케가 거실로 뛰어 들어왔다.

"라피르!"

둘이 손님을 보고 동시에 외쳤다.

연보라색 머리의 그녀, 라피르는 클라라와 스트라케를 보고 자리에서 일어났다.

"정말 무사했구나? 이렇게 다시 만나다니, 꿈만 같구나."

그녀가 클라라와 스트라케를 두 팔로 안아주었다.

라피르는 하이엘바인에게 있어서 오른팔과 같은 존재였다.

직접적인 싸움보다는 전략전술에 능하고 하이엘바인이 없을 때도 발키리들 전체를 문제없이 꾸려갈 만큼 운영 능력도 탁월했다.

체구는 작고 가녀렸지만 표정은 엄하게 당겨져 있고 안

광은 날카롭게 빛나 빈틈이 느껴지지 않았다.

늘씬하게 가꾼 연보라색 머리카락이 그녀의 단단한 이미지를 더욱 돋보이게 해주었다.

식당에서 나와 그녀를 발견한 휀은 클라라나 스트라케보다 믿음직해 보이는 그녀의 모습에 아주 작은 기대를 해봤다.

라피르는 엄마를 껴안듯 클라라를 껴안으며 스트라케에게 물었다.

"하이엘바인님은 어디 계시지?"

"니블헤임으로 가셨는데?"

"니블헤임?"

라피르가 곤란해했다.

"길이 엇갈렸구나."

"엇갈려?"

"사실 나도 니블헤임에 있었지."

"그래?"

"로키에게 붙잡혀 있었는데… 그에 대한 기억이 좀 온전치가 않아."

"그럼 어떻게 이곳으로 왔지? 우리가 여기에 있는 건 또 어떻게 알았고?"

"날 놓아준 것도, 그리고 너희들이 여기에 있다는 사실도

로키가 가르쳐 줬지. 하지만 지금은 로키에 대해 따질 때가 아닌 것 같아. 직접 따지기에는 너무 늦은 것 같기도 하고."

"늦다니?"

"로키는 아마 죽었을 거야."

운영과 군략을 맡았던 그녀는 상당히 눈치가 빠른 인물이었다.

그녀는 아스가르드의 말까지 준비하여 자신을 보내주는 로키의 모습을 명확히 기억하고 있었다.

당시 그는 이 세상에 미련이 없는 표정을 짓고 있었다.

로키가 얼마든지 거짓으로 자신을 꾸밀 수 있음은 라피르처럼 아스가르드에서 살아온 자들에겐 상식이었다.

하지만 라피르는 그때 그의 표정에서 진정성을 느꼈다.

라피르는 로키를 믿는 듯했다.

스트라케는 로키라는 말만 들어도 속이 뒤집어지는 입장이었지만 라피르라는 자신의 동료가 그러한 감정을 쉽게 품는 자가 아님을 알기에 말을 삼갔다.

"일단 식사부터 하자, 라피르! 이 저택의 요리는 맛있다고!"

스트라케가 라피르의 오른팔을 잡아끌었다.

"아니, 나는 그다지……."

그때, 그 전까지 가만히 있던 휀이 라피르의 왼팔을 잡아

당겼다.

두 명에게 끌린 라피르는 그만 바닥에 넘어지고 말았다.

라피르와 스트라케가 당황하여 휀을 봤다.

그러나 그는 대답 대신 둘의 머리를 손으로 눌렀다.

"우오오!"

괴한 하나가 저택의 현관을 철퇴로 부수며 들어왔다.

대리석 조각처럼 생긴 그 괴한은 올림포스의 투사들이 사용하는 가죽과 청동 갑옷으로 단단히 무장하고 있었다.

"올림포스의 영광이 있으라!"

그는 라피르를 노려보며 오른손에 든 대형 철퇴를 휘둘렀다.

괴기스런 소리와 함께 투사의 몸이 저택 정원에 떨어졌다.

얼굴과 가슴이 뭉개진 전사는 몇 번 꿈틀거리더니 몸을 부르르 떨며 일어났다.

불청객을 주먹으로 후려쳤던 휀은 바이론 등의 일을 떠올리며 고개를 가로저었다.

'이 녀석들에게 바이론이 당했다고?'

한숨을 마음을 진정시킨 그는 동료들을 봤다.

"모두 무장하도록. 시간은 내가 벌어주지."

휀은 거실에 놓아둔 플렉시온을 향해 팔을 뻗었다.

조금 흔들리다가 허공으로 들린 검은 주인의 손아귀로
충성스럽게 날아왔다.

　　이윽고, 플렉시온이 투사의 철퇴를 때렸다.

　　파직하는 소리와 함께 파란 전류가 철퇴에서 터졌다.

　　철퇴가 플렉시온의 빛에 맞섰다.

　　빛의 입자가 벌목소의 톱밥처럼 튀었지만 철퇴의 저항은
쉽게 수그러들지 않았다.

　　"좋은 무기로군."

　　휀이 무표정한 얼굴로 말했다.

　　"네놈을 때려 죽일 무기다!"

　　휀을 힘으로 밀어낸 투사는 자세를 바꿨다.

　　그에 맞춰 인근에 있던 다른 투사들이 합류해 휀을 원형
으로 포위했다.

　　"후우."

　　휀이 긴 호흡을 했다.

　　그의 몸에서 황색의 빛이 광범위하게 퍼졌다.

　　공격은 아니었으나 투사들 전부가 영향을 받아 휘청거렸
다.

　　휀에게 고정되어 있던 투사 중 한 명의 시야가 어느 순간
어지럽게 흐트러졌다.

　　땅이 위로 가고 하늘이 아래로 내려갔다. 촛불로 밝은 저

택이 데굴데굴 굴렀다.

투사는 턱이 날아가 없어진 머리를 붙들고 자신이 주먹에 맞아 쓰러졌음을 알아차렸지만 다음 상황을 막아낼 여력은 없었다.

상대의 목을 움켜쥐고 번쩍 들어 올린 휀은 왼쪽 주먹을 상대의 복부에 꽂아 넣었다.

황색 섬광이 터지고 투사의 거구가 위로 튕겨 올라갔다.

하늘로 솟은 투사의 복부에 황색의 십자가가 빛났다.

"크으으!"

비명에 이어 투사의 몸이 폭발했다.

생명력을 잃은 대리석 덩어리들이 저택의 정원 위로 떨어졌다.

투사들은 아직까지도 중심을 못 잡고 있었다.

그럴 것을 계산에 둔 휀의 검이 투사들을 쓸듯이 쳤다.

투사들이 입은 갑옷은 그냥 봐선 가죽이나 청동 등으로 보였으나 실제 성능은 일반적인 강철 갑옷 이상이었다.

하지만 그 성능을 자랑할 틈도 없이 플렉시온의 칼날에 베여 나갔다.

몇몇이 중심을 회복하여 반격을 시도했지만 휀은 의문을 해소하기 위해 해부를 하는 과학자처럼 일방적으로 상대를 도륙했다.

'같은 네오 올림포스의 투사라도 이 녀석들은 아니겠지.'

바이론 혼자였다면 몰라도 사바신과 레디까지 있는 상황에서 사망사고가 일어났다는 소식은 휀의 자존심을 긁기에 충분했다.

투사들의 가슴과 머리, 복부에 광황의 문장들이 무더기로 찍혔다.

문장이 찍힌 투사들은 살아 있는 폭탄이 되어 주변에까지 피해를 끼쳤다.

대리석의 진한 스모그가 휀과 투사들을 순식간에 집어삼켰다.

저택 안까지도 그 가루가 밀려들어 왔다.

저택에 들어왔던 투사들이 모조리 소멸되자 또 다른 투사들이 저택의 담장 위를 넘어 안으로 들어왔다.

휀의 한쪽 눈썹이 꿈틀했다.

'적이 있었다고?'

담장 밖의 적에 대해 아무것도 느끼지 못했던 휀은 생각을 바꾸기로 했다.

'대놓고 무시하면 안 되겠군.'

투사 중 하나가 그의 머리 위에서 나타났다.

"잡았다!"

고함을 지르는 투사를 거미줄 같은 섬광이 훑고 지나갔다.

갑옷과 육체가 빛이 지나간 흔적 그대로 잘리고 불씨로 변해 사라졌다.

방금 그 공격의 처음과 끝을 제대로 보지 못한 라피르는 자신도 모르게 클라라의 어깨를 움켜쥘 정도로 놀랐다.

'빛? 빛의 사용자인가?'

뒤이어 두 명, 세 명째의 투사가 갑옷만 남기고 사라졌다.

휀이 대체 어떻게 공격하는지 목격하지 못한 라피르는 긴장된 눈을 이리저리 움직이기만 했다.

투사들의 공격은 꾸준했다.

하지만 휀이 느끼는 투사의 수와 움직임은 오로지 저택 내에 들어온 자들에게만 한정되어 있었다.

'외부와 단절됐나?'

추리하는 그를 투사 한 명이 방해했다.

꽤 날카로운 주먹과 발길질이 휀의 이마와 목을 노리고 들어왔다.

기점을 알기 힘든 공격이었기에 휀이라 해도 피하는 것이 고작이었다.

'좀 다르군.'

방금 휀을 공격했던 투사가 보라색의 눈빛을 어둠 속에서 흘리며 거친 숨을 몰아쉬었다.

"휀 라디언트! 흐흐흐흐······!"

상대는 여성이었다.

손바닥 크기의 철판으로 가슴과 국부만을 겨우 가린 그녀는 손과 발에 뾰족한 징이 박힌 특이한 장갑과 신발을 착용하고 있었다.

그녀의 적나라한 모습에 저택의 식구들 모두가 이상한 표정이 됐다.

"으아, 파렴치해!"

흡혈귀 마족인 마리아가 두 손으로 얼굴을 가리며 부끄러워했다.

"미, 미인계입니다요! 이, 이기기 위해서일 겁니다요!"

루파 역시 말을 제대로 하지 못할 정도로 굉장히 민망해했다.

휀은 다른 투사들의 움직임에 신경 쓰면서 그 대범한 차림새의 여성 투사를 노려봤다.

올림포스의 투사치고는 눈빛이 이상했다.

미소가 가득한 얼굴에는 묘한 광기가 흐르고 있었다.

하지만 휀을 가장 자극하는 것은 몸 전체에 주기적으로 흐르는 진동이었다.

투사의 입 밖으로 혀가 나왔다.

"헤에에……."

가슴골 사이에 들어가지 않을까 싶을 정도로 길게 나온 혀에서 침이 주룩 흘렀다.

그녀는 그 침을 장갑에 박힌 뾰족한 징의 끝에 묻혔다.

징의 형태는 말뚝의 머리만 잘라서 붙인 것처럼 단순했다.

하지만 휀은 그렇게 간단한 구조의 무기야말로 더욱 공략하기 힘든 것임을 알고 있었다.

투사의 몸에 흐르는 진동이 더욱 강해졌다.

"아킬레우스님을 박살 냈다지? 뭐, 그렇다고 복수하러 온 건 아니야."

"그래서?"

플렉시온의 검광이 그녀를 가로질렀다.

거미처럼 바짝 엎드려 휀의 공격을 피한 그녀는 일어나면서 주먹을 휘둘렀다.

그 정교한 공격에 휀의 옷깃 끝자락이 툭 소리를 내며 날아갔다.

"끝까지 들어!"

그녀가 외쳤으나 휀은 듣지 않았다.

끊어 자르는 듯한 동작으로 휀에게 주먹을 퍼붓던 투사

가 갑자기 하늘을 떠받치듯 오른손을 들었다.

"봐! 내 몸에 힘이 넘치고 있어!"

그녀가 외친 직후 안정적이기만 하던 하늘에서 굉음이 터졌다.

하늘 전체에 전류가 흐르는 것을 감지한 휀은 긴장의 끈을 더욱 조였다.

'기상을 조절한다고?'

그리고 한줄기의 벼락이 그녀의 장갑에 떨어졌다.

장갑의 징에 내리꽂힌 벼락은 보라색의 전류로 변해 그녀의 몸으로 흡수됐다.

온몸에 보라색 전류를 휘감은 그녀가 독기 오른 독거미처럼 바닥에 납작 엎드렸다.

"이게 바로 올림포스 투사의 능력이다! 히하하하하!"

그녀가 그 상태로 땅을 달렸다. 그녀의 몸에 충만한 힘이 잔상처럼 뒤따르며 번쩍거렸다.

그녀가 휀의 눈앞에서 일어나 두 번의 주먹질을 했다.

전류가 코앞까지 왔는데도 휀은 꿈쩍도 하지 않았다.

'역시, 격이 틀려.'

휀은 확신을 가졌다.

주먹에 휘감긴 전류가 사납게 꼬이며 휀의 얼굴을 꿰뚫었다.

전류가 만드는 굉음이 저택 전체를 흔들고 사람들의 고막을 괴롭혔다.

"라디언트님!"

리즈가 소리쳤다.

투사의 주먹에 적중했던 휀의 모습이 빛으로 변해 흩어졌다.

"으윽?"

고개를 돌린 투사의 안면에 플렉시온의 자루 끝이 망치처럼 몰아쳐 들어왔다.

"캬아아악!"

얼굴을 강타당한 투사는 부서져서 대리석을 날리는 안면을 붙잡은 채 바닥을 데굴데굴 굴렀다.

휀은 자루 끝에 묻은 대리석을 손으로 털며 상대에게 다가갔다.

"너, 올림포스의 떨거지가 아니로군. 누구지?"

"으으, 으아아아!"

투사가 지면을 해치며 휀에게 돌진했다.

왼쪽 광대뼈와 턱의 절반이 깨져 떨어진 그녀는 괴성을 지르며 주먹을 뻗었다.

쭉 뻗은 주먹을 따라 전류가 파도처럼 진격했다.

그 반동만으로 저택 정원의 일부가 깎여 날아갔다.

뇌력을 흠뻑 머금은 주먹이 휀의 가슴을 파고들었다.

그러나 이번에도 휀은 빛의 무리로 변해 사라졌다.

그가 있던 땅이 냄새와 연기를 풍기며 타들어 갔다.

"으아아!"

투사가 두 손으로 머리를 감싸며 웅크려 앉았다.

그 위로 시작과 끝이 불분명한 광선들이 무수하게 지나
갔다.

주변에 대기하고 있던 투사들이 그 광선에 조각조각 잘
려 흩어졌다.

아군이 그냥 광선에 잘렸다는 사실만 느꼈을 뿐, 정확히
뭐가 어떻게 됐는지 전혀 보지 못한 여성 투사는 아연실색
했다.

"으아……!"

새하얗게 질린 여성 투사의 얼굴이 다시 뒤틀렸다.

"진짜 놀라운데?"

그녀가 휀을 향해 주먹을 내뻗었다.

이번에도 마찬가지로 빛의 무리로 변해 공격을 피한 휀
은 다시 나타나자마자 움찔했다.

그의 광대뼈 바로 밑이 전류에 그을려 하얗게 연기를 흘
리고 있었다.

'오비탈 드라이브를……?'

잠깐 경직된 휀을 향해 그녀가 발길질을 했다.

그 공격을 검으로 막아낸 순간 휀은 예상을 벗어난 충격을 이기지 못하고 뒤로 날아갔다.

발로 땅을 끌며 착지한 휀은 혀를 길게 내밀고 자신을 비웃는 상대를 숨죽이고 지켜봤다.

"시공간 붕괴를 일으키기도 하는 남자라 해서 놀랐는데, 그냥 빨리 움직이는 것뿐이잖아?"

그녀가 옆에 떨어진 다른 투사의 대리석을 들어서 얼굴에 댔다.

대리석이 찰흙처럼 뭉글뭉글해지더니 얼굴의 부서진 자리를 채워주었다.

"이런 놈에게 패배한 아킬레우스는 정말 얼간이로군."

"……."

휀은 손등으로 전류에 그을린 부분을 한 번 문질렀다.

상처가 본래대로 돌아와 깨끗해졌다.

'아킬레우스 얘기를 하는 것 같진 않군.'

그가 생각했다.

'녀석에게는 오비탈 드라이브를 쓴 일이 없어. 그 이후에 나타났던 오디세우스 역시 제 정신으로 오비탈 드라이브를 맞진 않았지.'

그가 왼쪽 주먹으로 오른쪽 어깨를 두드렸다.

나른함까지 느껴지는 그의 행동에 헐벗은 여성 투사와 저택의 식구들 모두 어이없다는 듯 인상을 썼다.

'역시 누군가가 시공간을 가지고 장난을 쳤군. 내가 느낀 통증이 그 근거겠지. 오비탈 드라이브처럼 시공간에 영향을 끼치는 힘의 소유자는 이 저택에서 오로지 나뿐이니까. 그렇다면 적들은 시공간을… 아니, 시간을 되돌렸나?'

상식적으로 말이 안 되는 상황이었다.

시간의 역행은 이 세계의 규칙을 주관하는 존재, 하이볼크를 정면으로 농락하는 행위였다.

그러나 휀은 자기 자신부터가 상식을 일찌감치 파괴한 존재라는 사실을 정확히 인지하고 있었다.

'시간을 되돌리는 것은 그만한 힘이나 절차가 필요한 행위일 터.'

눈을 부릅뜬 휀은 플렉시온을 쥔 오른손에 힘을 넣었다. 그의 손등에서 광황의 문장이 찬란하게 빛을 발했다.

'지금부터 단 한순간이라도 적을 놓치면 난 패배할 때까지 유린당할 것이다.'

엄청난 위압감이 휀을 중심으로 퍼졌다.

클라라도, 스트라케도, 그리고 오늘 처음 이 저택에 온 라피르도 휀이 발산하는 압력에 눌려 무릎을 꺾었다.

"하이볼크의 밑에 저런 존재가……!"

라피르는 인정하고 싶지 않았다.

발키리들이 힘겨워하는 가운데 리즈를 비롯한 일반인들은 숨도 제대로 쉬기 힘든 압박감에 고통스러워했다.

리즈를 부축한 올리버는 누나인 도로시를 급히 찾았다.

'대체 누나는 어디 간 거야? 이 정도면 분명히 어떻게 됐을 텐데?'

그가 열심히 도로시를 찾는 한편, 여성 투사가 휀을 향해 달려들었다.

"허세라도 부릴 생각이냐!"

그녀의 길고 굵직한 다리가 휀을 노렸다.

휀은 몸을 한 바퀴 돌려 상대의 발차기를 맞받아 쳤다. 푸른빛이 충돌 지점을 중심으로 터졌다.

붕 떠서 각자의 뒤편으로 밀려나간 둘은 어느새 다시 맞붙어 몸싸움을 벌였다.

휀의 무릎과 투사의 팔꿈치가 서로의 복부와 안면을 가격했다.

서로간의 간격이 좀 벌어진다 싶더니 휀이 왼쪽에서 오른쪽으로 검을 크게 휘둘렀다.

옆구리를 강타당한 투사는 대리석 조각을 뿌리며 저택의 담장에 부딪쳤다.

눕는 듯한 자세로 쓰러진 투사는 무너진 담장에서 쏟아

지는 흙먼지와 파편을 맞으며 일어났다.

"휀 라디언트……!"

다시 일어난 투사는 두 팔과 두 다리를 전부 동원하여 땅을 달렸다.

혀를 날름거리며 달리는 모습이 짐승보다 더 원초적이었다.

그래도 속도는 상당했다. 또한 공기의 저항조차 무시하는 게 아닐까 싶을 정도로 부드러웠다.

거리를 좁힌 둘은 적당한 거리를 둔 채 난타전을 벌였다.

휀은 상대의 왼팔을 칼날로 가르며 오른발을 뻗었다.

발끝의 속도와 시원스럽게 뻗는 모습이 그의 동료이자 후배인 지크 이상으로 날카로웠다.

그러나 그에 실린 힘은 바이론과 맞먹을 정도로 묵직했다.

발차기는 투사의 턱 아래에 적중됐다.

그녀가 쓰고 있던 투구가 끈이 풀리며 하늘로 튕겨 날아갔다.

"음흡!"

상대가 비틀거리자 휀은 광황의 문장으로 아예 파랗게 달아오른 플렉시온을 이용해 결정타를 노렸다.

우연인지, 아니면 누군가의 장난인지.

아까 튕겨 나갔던 투사의 투구가 다시 내려와 휀의 시야를 가렸다.

기합으로 투구를 튕겨낸 휀에게 투사의 주먹이 들어왔다.

휀이 미처 대응하기도 전에 투사는 장갑에 박힌 징으로 휀의 가슴을 꿰뚫듯 때렸다.

"크헉!"

격통에 휀이 플렉시온을 떨어뜨렸다.

하늘 높이 도약한 투사가 온몸에 전류를 감고는 휀을 향해 유성처럼 떨어졌다.

"끝장이다!"

승리에 대한 기대로 가득했던 그녀의 눈동자가 경악으로 채워졌다.

가슴을 거머쥔 휀과 땅에 떨어진 플렉시온 모두 보이지 않았다.

어느 순간 갑자기 벌어진 일이라 그녀는 아무런 대응도 하지 못했다.

당황하는 그녀의 가슴엔 광황의 문장이 낙인처럼 붙어 이글거리고 있었다.

동작이 굳어진 그녀의 뒤편에서 플렉시온을 쥔 휀이 춤을 추듯 중심을 잡았다.

그 도중에도 휀의 시선은 상대에게 고정된 채 움직이지 않았다.

'능력을 보여봐라, 흑막.'

그가 상대에게 심은 빛의 폭력이 문장을 중심으로 폭발했다.

"크아아아아!"

투사가 괴성을 질렀다.

팔뚝 하나가 몸뚱이에서 떨어져 나가 허공에서 폭발했다. 팔이 있던 단면에서 휀의 기술, 레퀴엠의 여력이 거칠게 범람했다.

몸뚱이가 우그러들고 팔다리가 터지는 가운데, 상대를 끝까지 노려보던 휀이 빛의 입자를 뿌리며 원래 있던 자리를 떠났다.

그가 오비탈 드라이브를 이용해 움직이는 모습을 목격한 자는 저택 안에서 단 한 명뿐이었다.

"아아악!"

투사가 폭발 반경을 최소한으로 억제한 레퀴엠에 의해 가루가 되는 그 순간, 폭발이 일어난 장소보다 훨씬 높은 상공에서 황색의 검광이 일어나 밤하늘을 이등분했다.

하늘에 남은 플렉시온의 검광이 대낮처럼 저택을 밝혔다.

휀은 그 빛 속에서 2층 쪽방의 창문을 통해 자신을 바라
보고 있는 도로시의 모습을 똑똑히 목격했다.

휀의 살기 어린 눈웃음과 도로시의 냉소가 정면으로 마
주쳤다.

레퀴엠과 플렉시온의 검광은 휀이 다시 땅을 밟은 후 서
서히 가라앉았다.

휀이 약간 쪼개진 옷깃을 손끝으로 만지는 한편, 저택과
그 외부를 격리하던 수수께끼의 장벽이 희미해졌다.

휀조차 감지하지 못했던 그 장벽은 저녁식사를 위해 집
으로 돌아가는 도시 사람들의 시끌벅적한 소리를 전하며
완전히 사라졌다.

"라디언트님!"

저택에서 리즈와 클라라, 스트라케 등이 뛰어나왔다.

"무서웠사옵니다, 라디언트님!"

마리아가 다른 사람들을 추월하여 휀의 허리에 매달렸
다.

그녀가 다치지 않을 만한 각도로 플렉시온을 칼집에 넣
은 휀은 올리버와 함께 저택에서 나오는 도로시를 의식
했다.

도로시는 처음 만났을 때 그대로 우울하고 음침한 표정
이었다.

"괜찮으십니까, 라디언트님?"

리즈가 휀과 도로시 사이에 서서 안부를 물었다.

"배가 조금 고프군."

코트의 재생을 마친 휀은 일행들을 데리고 저택 안으로
들어갔다.

느린 걸음으로 저택 식구들을 따라가던 도로시가 왼쪽
귀를 지그시 누르며 공작의 성 쪽을 돌아봤다.

[역시 우습게 볼 상대가 아니로군.]

그녀의 정신감응에 반응한 자는 공작의 성 꼭대기에 까
마귀처럼 앉아 있었다.

달빛 속에 맺힌 그의 그림자 속에서 새 모양의 무늬가 붉
은색으로 빛났다.

[그렇다고 했잖아?]

응답한 그 남자, 비숍은 오른쪽 아래로 고개를 돌렸다.

늑골 아래부터 가슴 한가운데까지 잘린 그의 동료가 다
른 이들의 부축을 받아 자리에 누웠다.

[시공간 역전에 앞서 공격하다니, 역시 그냥 둘 수 없는
놈이야.]

[지금 공격할 건가?]

[물론이지. 너마저 발각된 이상 여유 부릴 순 없어.]

비숍이 버릇처럼 키득거렸다.

[좀 아쉽지 않나? 스타인 가문이 만들어지기 전부터 지금까지 계속 그 저택에 붙어 있었잖아?]

[오딘의 눈을 감시하는 역할이었으니 심심하진 않았지.]

[후후. 그럼 준비하도록 해. 지금 들어가겠다.]

[언제든지.]

비숍이 왼손을 들었다.

공격 지시를 내리려던 그의 왼팔이 흔들렸다.

[엇?]

[무슨 일인가?]

[제길……! 취소다! 공격 중단! 전부 돌아와!]

비숍의 분노가 도시 전 구역에 흩어져 있던 그의 동료들에게 전해졌다.

무슨 일이냐는 질문이 그의 정신 속으로 일제히 쏟아졌다.

[아, 그만 닥쳐! 희생자가 발생했다고!]

그의 동료들이 일제히 침묵했다.

[카이리 블랙테일에게 갔던 놈들이 당했다! 전부 죽었어!]

비숍의 가면에 붉게 이글거렸다.

[대체 어떤 놈이 우릴 건드린 거야!]

*   *   *

로키와의 말싸움은 물론 칼부림까지 각오하고 니블헤임으로 갔던 리오 일행은 유령조차도 없는 그 도시의 폐허를 보고 충격에 휩싸였다.

로키의 죽음까지 확인한 리오 일행은 텅 비어버린 니블헤임을 샅샅이 조사했다.

그러나 두 시간 가량 진행된 조사에도 불구하고 일행은 주민들을 포함한 모든 생명체들이 말살당한 흔적만 발견했을 뿐, 미생물과 식물을 제외하고는 살아 있는 것을 찾아내지 못했다.

조사를 마친 모두는 로키의 성 정문 앞에서 다시 모였다.

"정말 벌레 한 마리도 안 남았네요."

케롤이 한탄했다.

"그러게 말일세. 한 마리 정도는 있을 줄 알았네만."

하이엘바인도 한숨을 푹 쉬었다.

"벌레에 뭐 있나요?"

지크가 의아해했다. 답답한 표정으로 로키의 성을 둘러보던 리오가 그를 봤다.

"벌레도 목격자가 될 수 있거든."

"그래?"

"우리와는 기억 체계가 달라서 그 정보가 아주 단편적이

긴 하지만 해석만 제대로 해내면 사용하기에는 충분하지."

"그런데 벌레 한 마리 없죠."

케롤이 부서진 성벽의 파편 위에 앉으며 한마디했다.

"뭔가 큰 싸움이 있었던 것 같은데, 남은 게 없어요. 그나마 있는 시체들은 손상이 심할 뿐더러 영혼도 감지되지 않아요."

"맞아. 너무 깨끗해."

리오는 꺼림칙한 것을 보듯 주변을 다시 살폈다.

"우리가 이렇게 당황하기를 바라는 놈들이 있는 것 같아."

그가 교신기를 꺼내 들었다.

"느낌이 안 좋군."

굳은 얼굴이 된 그는 곧장 루이체와 교신을 시도했다.

그러나 응답은 없었다.

해당하는 사용자의 신호가 공간 이동 및 공간 봉쇄로 인해 끊겼다는 기록만이 화면에 출력될 뿐이었다.

"루이체와 쑤밍은 이곳을 벗어난 것 같은데……."

"걔네 둘은 갑자기 왜?"

지크가 멀뚱멀뚱한 눈으로 리오를 쳐다봤다.

"역시 이동하는 것을 끝까지 보고 왔어야 했어. 카이리님께서 계시긴 하지만……."

"뭐?"

"만약 우리가 모르는 어떤 녀석들이 우리의 동선을 파악하고 있다 치자고."

리오가 조금 급한 어조로 말했다.

"전력 분산을 노린 그 녀석들은 우리가 이곳으로 이동하고 머무는 사이에 루이체와 쑤밍, 더 나아가서 블랙테일의 주둔지를 공격했을 수도 있어. 실제로 우리는 여기서 두 시간 가까이 허비했다고. 그 시간이면 뭐든 하고도 남아."

"주둔지를? 왜?"

지크의 안색도 달라졌다.

"걔들이 공격당할 이유가 없잖아?"

"그 애들이 대상이라기보다는 그 애들과 함께 있는 파프니르 코어가 문제야."

리오의 지적에 가장 놀란 사람은 하이엘바인이었다.

'설마, 그 가면이······?'

그녀가 비숍에 대한 생각으로 우물쭈물하는 사이 리오의 얘기가 계속 이어졌다.

"만약 그 코어가 아무런 정보 누설 없이 드래고니스 한가운데에 떨어진다고 생각해 봐. 특수 훈련까지 받은 블랙테일 부족이 코어의 침식에 전혀 저항하지 못했어. 일반 서룡족의 경우는 생각할 필요조차 없겠지."

"신계 역사에 길이 남을 대형 테러가 되겠죠."

케롤이 추임새를 넣었다.

"우리말고 파프니르 코어에 대해 아는 자가 있을까?"

"보는 눈이 없었을 거라고 단정 지을 수는 없어. 일이 워낙 난잡했잖아?"

"맞아요. 선신계의 첩자가 지켜봤을 수도 있죠. 선신계는 용족을 대단히 싫어하니까요."

케롤이 자신에게 유리한 쪽으로 리오의 말을 도왔다.

"그럼 어제 나타났던 그 석상이 또……?"

지크가 불안해했다.

"가능성은 있지만……."

말끝을 흐린 리오는 성 안팎에 듬성듬성 쏟아져 있는 대리석 가루들을 눈짓으로 가리켰다.

"지금은 네오 올림포스라고 봐야겠지. 너무 대놓고 남겨진 흔적이라 의심스럽지만 말이야."

"네오 올림포스가 아닐세!"

하이엘바인이 가까스로 입을 열었다.

"난 로키가 어떤 존재인지 오딘님 다음으로 잘 알고 있네! 그따위 놈들에게 당할 자가 결코 아니야! 그는 분명……!"

하이엘바인이 갑자기 목에 뭔가 걸린 사람처럼 인상을

쓰며 입을 다물었다.

"하이엘바인님?"

리오와 모두가 놀라 그녀를 봤다.

하이엘바인은 가면의 남자, 비숍에 대한 이야기를 하고 싶었다.

하지만 실어증에 걸린 사람처럼 그와 관련된 어떤 이야기도 할 수 없었다.

"괜찮으십니까?"

리오가 그녀를 급히 살폈다.

그를 마주본 하이엘바인은 정신감응을 이용해서라도 그에게 이야기를 전달하고 싶었다.

하지만 그녀는 비숍과 관련한 그 어떤 것도 전달하지 못했다.

"난 괜찮네."

고생 끝에 그런 거짓말을 내놓은 하이엘바인은 금방이라도 울 것 같은 눈으로 웃었다.

리오는 답답했다.

"하이엘바인님. 어디가 아프시거나 곤란한 문제가 있으시면 바로 말씀해 주십시오."

그는 최대한 정중하게 말했다. 그러나 비밀을 갖고 있는 하이엘바인에게는 그런 그의 모습이 위협적이었다.

"아, 아닐세. 괜찮다고 말했지 않나?"

하지만 리오는 믿지 않았다.

그가 한 번 더 그녀를 추궁하려는 찰나, 손에 쥐고 있던 교신기가 조용히 그의 손을 자극했다.

"실례하겠습니다, 하이엘바인님."

리오는 교신기의 화면을 봤다.

휀이었다.

그가 얼마 전에 테스트랍시고 허무맹랑한 교신을 해왔던 일을 아직도 기억하는 리오는 그 급작스런 연락이 그다지 반갑지 않았다.

그래도 연락을 안 받을 수는 없었다.

상부와 교신이 불가능하거나 힘든 경우 휀은 그의 상관이었고 리오는 지시를 어느 선까지는 따라야만 했다.

"무슨 일이지?"

리오가 껄끄럽다는 투로 응답했다.

―루이체가 주신계로 귀환했다는 연락이 왔다.

"뭐라고?"

하이엘바인에게 잠시 쏠렸던 리오의 관심이 단숨에 그쪽으로 기울었다.

"쑤밍은? 그 아이도 안전하게 귀환했나?"

―그렇다고 하는군.

비록 쌀쌀맞은 말투였지만 리오는 그 말이 그렇게 반가울 수가 없었다.

안도감에 한숨을 땅이 꺼져라 내쉰 리오는 왼손으로 자신의 이마를 덮고 좌우로 문질렀다.

"그런데 어떻게 연락이 닿았지?"

―내가 위에 연락하는 것은 힘들어도 위에서 나에게 연락하는 것은 쉬워. 그만한 대비는 하고 내려왔지.

"그렇군. 아무튼 둘이 무사히 돌아갔다니, 마음이 좀 놓이는군."

―무사귀환은 아니다.

"뭐?"

리오의 안색이 다시 바뀌었다.

―떠나기 직전에 네오 올림포스로 추정되는 자들에게 공격을 받았다고 하더군. 그로 인해 카이리 블랙테일을 제외한 블랙테일 주둔군 전원이 사망했다.

교신 내용을 곁에서 듣던 모두가 리오와 함께 경악했다.

"네오 올림포스? 사실인가?"

―루이체와 쑤밍, 카이리 블랙테일의 진술이 일치하기에 상부에서는 공식적으로 사실이라 결론 내렸다.

"네오 올림포스가……."

―여기서 지적을 하지 않을 수 없겠군.

휀의 목소리가 날카로워졌다.

—왜 카이리 블랙테일과의 접촉을 나에게 보고하지 않았나?

리오가 입을 다물었다.

—명쾌한 답변을 바라는 건 아니다. 하지만 카이리 블랙테일이 이 세계에 있다는 사실은 주신계에서도 모르는 극비였지. 적어도 접촉 사실만은 알렸어야 했어."

"……."

—파프니르에 대한 것도 있으니 나중에 해야 할 이야기가 아주 많겠군. 그보다 지금 위치는 어딘가? 교신기의 신호가 옳다면 니블헤임일 텐데?

"맞아. 니블헤임이야."

리오는 니블헤임의 폐허를 다시 쭉 둘러봤다.

"하지만 남은 게 없어."

—명확하게 보고하도록.

"로키부터 벌레 한 마리까지 싹 쓸렸어. 있는 것이라고는 시체들과 네오 올림포스의 것이라고 추정되는 대리석 가루뿐이야."

—그렇군. 그렇다면 그곳을 즉시 동결시키고 내가 있는 곳으로 와라.

"동결? 파괴가 아니라?"

니블헤임의 완전한 파괴가 지시될 것을 예상했던 리오에게는 매우 의아한 이야기였다.

니블헤임은 현재 시체의 도가니지만 그것을 제외하면 도시로서의 기능은 온전했다.

더불어 밝혀지지 않은 수많은 지식도 그대로였다.

로키와 그 부하들이 제거된 지금은 아스가르드와 관련된 여러 지식을 아무런 제약 없이 얻고 연구할 수 있는 보물창고나 마찬가지였다.

이 세계의 문명 수준을 뒤틀 수도 있는 장소라고 해도 과언이 아닌데, 그런 것을 파괴하지 않고 동결시키라고 한 휀의 지시는 여태까지 파괴 작업을 수없이 해왔던 기억이 있는 리오에게 있어서 의외의 말이었다.

―다시 말하지만 동결이다.

"지금 동결을 하면 니블헤임에 있는 유적은 어떻게 되는 거지?"

―그에 대한 사항은 이미 해결됐다. 동결장치는 옛날부터 니블헤임 내에 설치되어 있으니 서둘러서 처리하고 이쪽으로 오도록.

"흠. 그러지."

리오는 자신들이 이곳에서 고생하는 동안 휀에게도 많은 사연이 쌓였을 것이라 짐작했다.

—지크는 그곳에 있나?

휀의 말에 리오 일행 모두가 지크를 봤다.

"있는데?"

—계속 함께 있었나?

그가 추궁하듯 묻자 지크가 어이없어했다.

"어이, 대장. 나 아직까지 사고 안 쳤다니까?"

—그렇다면 됐다. 최대한 빨리 귀환하도록.

교신은 거기서 끝났다.

"후우."

한숨과 함께 리오는 잠시 하늘을 보고 답답함을 달랬다.

루이체와 쑤밍이 무사한 것은 분명 다행이었다.

하지만 카이리가 있었는데도 불구하고 블랙테일 주둔군 전원이 네오 올림포스에게 당했다는 것은 가볍게 볼 사항이 아니었다.

"네오 올림포스에게 그 정도 전투력이 있었다고?"

아르테미스나 아폴론의 경우를 생각하면 완전히 아니라고 할 수는 없었다.

하지만 그들이었다면 루이체와 쑤밍이 네오 올림포스로 '추정되는 자들'이라는 모호한 진술을 할 리가 없었을 것이다.

그녀들에게 부족한 것은 전투 능력이지 지능지수가 아니

었다.

리오는 그녀들에게 어떤 상황에서 누군가를 기억하는 훈련을 신경 써서 했고 루이체는 수준급의 결과를 항상 보여주었다.

"하이엘바인님."

"아, 얘기하게."

"네오 올림포스가 로키를 처치할 수 있겠습니까?"

리오가 공적인 질문을 하자 하이엘바인은 대답하기에 앞서 속으로 안도의 한숨을 쉬었다.

"그럴 리가 없네. 로키가 아무리 전투를 못한다 하더라도 이 지역을 보호하던 단층까지 간단히 뚫고 이런 일을 저지를 수는 없을 것이네."

"그럼 대체 누구일까요?"

거기서 다시금 하이엘바인의 말문이 막혔다.

그녀가 아까처럼 인상을 쓰고 입을 다물자 리오와 다른 일행은 다시 의아해했다.

"웃홍."

그녀를 가만히 살피던 케롤이 갑자기 웃음소리를 냈다.

"하이엘바인님. 혹시 렘런트일 확률은 어떤가요?"

"말이 된다 생각하나?"

이번에는 말이 술술 나왔다.

"우후훙, 역시 저는 머리가 좋아요."

케롤이 깔깔 웃었다.

"그럼 주신계는요?"

"주신계?"

이어진 질문에 하이엘바인은 고개를 저었다.

"선신계는요? 저희 악신계는요?"

"둘 다 아닐 것이네."

"옛 신은 어떤가요?"

"희박하겠지."

"그럼 저희만 모르고 하이엘바인님은 아는 또 다른 존재는요?"

거기서 하이엘바인의 인상이 다시 흐려졌다.

"그럼 이번 일의 범인은 하이엘바인님만 알고 계시는 녀석들이겠네요."

하이엘바인이 꼼짝도 못하는 한편, 케롤은 자신의 능력을 자랑하듯 리오와 지크를 보며 어깨를 으쓱했다.

"아무래도 하이엘바인님께서는 거짓말을 잘 못하는 체질이신 것 같네요. 아니면 그렇게 되셨던가요."

리오는 정말 그런 것이냐는 눈빛으로 하이엘바인을 봤다.

그녀는 그 질문에도 대답하지 못했다.

"음… 아무래도 지금은 휀이 있는 곳으로 가는 게 우선일 것 같습니다. 그곳에서 다시 얘기하도록 하지요."

"미안하네."

그녀가 여느 때처럼 사과했다. 리오는 미소로 대답을 대신했다.

니블헤임의 동결 작업은 아주 간단했다.

본래는 주신계에 연락을 하여 동결에 대한 절차를 거친 끝에 동결 장치를 받을 수 있지만 휀의 말대로 니블헤임 내에는 동결 장치가 이미 설치되어 있었다.

교신기에 니블헤임의 좌표를 입력한 리오는 동결 작업에 책임을 지겠다는 서명을 한 뒤 일행과 함께 니블헤임 밖으로 나갔다.

일행이 상공에서 지켜보는 가운데 니블헤임의 중앙에서 하얀빛이 솟아올랐다.

그 빛은 이내 눈보라가 되어 니블헤임을 집어삼켰다.

니블헤임의 모든 것이 두꺼운 얼음에 휩싸였고 그 얼음의 영향으로 인해 주변의 기온이 더욱더 떨어졌다.

"저 정도 규모라면 이쪽 생태계가 바뀌겠네요."

케롤은 얼음 덩어리가 되어가는 니블헤임을 보며 감탄했다.

"그전에 주신계에서 처리를 하니까 괜찮아."

리오가 대답하듯 말했다.

"정말 괜찮을까요?"

"여태까지는 그랬지."

하지만 리오의 표정도 편치 않았다.

"가시지요, 하이엘바인님."

"음, 알았네."

일행이 하늘을 가로지르며 이동했다.

하이엘바인은 아예 얼음의 섬이 되어버린 니블헤임의 모습을 몇 번이고 돌아보며 리오의 뒤를 따라갔다.

*　　　*　　　*

신계 구석에 마치 승리의 상징처럼 방치된 발할라는 황폐했고 옆으로 기울어져 있기까지 했다.

오딘이 거주하는 그 발할라는 잃어버린 자의 궁전이라는 이름으로도 불렸다.

원래는 내세의 영광과 관련이 있었지만 지금은 어둡고 습한 현실의 표현일 뿐이었다.

하지만 예나 지금이나 성 전체에 흐르는 중압감은 엄청났다.

"짐이 이곳을 또 올 줄이야.'

혼자 발할라 앞에 선 바이칼은 푸른색이 감도는 눈동자로 눈앞의 폐허를 탐탁지 않게 바라봤다.

성문이 열리고 흰색 털에 푸른 눈을 가진 거대한 늑대가 걸어 나왔다.

어깨까지의 높이가 바이칼보다 훨씬 큰 그 늑대는 몹시 마른 몸집이었다.

늑대가 입을 열었다.

"다시 뵙게 되어 영광입니다, 용제시여."

늑대가 머리를 조아렸다.

"마중 나올 자가 너뿐인가?"

바이칼은 무례라도 접한 듯 매우 떫은 표정이었다.

"손님을 맞이하는 것은 저에게 주어진 사명입니다."

"흥, 됐다. 안내하라."

"예, 용제시여."

그들이 지나친 발할라의 두꺼운 금속 문은 처참하게 구겨지고 부서져 있었다.

아스가르드의 운명이 끝나는 날 부서져 버린 그 유적은 그 누구도 기념하지 않는 흉물이었다.

바이칼은 여전히 흙먼지로 탁한 카펫을 밟으며 알현실 안으로 들어갔다.

알현실은 둥글고 넓은 방이었다.

방의 중앙에는 크고 육중한 강철 의자가 있었다.

그리고 의자에는 한 쌍의 뿔이 달린 투구를 쓴 노인, 오딘이 고심에 가득 찬 얼굴로 앉아 있었다.

바이칼은 그와 그의 주변을 훔쳐보듯 둘러봤다.

의자 등받이 꼭대기에 두 마리의 거대한 까마귀가 내려 앉았다.

"오딘님, 손님이 오셨습니다."

"음."

노인은 눈을 감은 채 끄덕거렸다.

"잘 오셨소, 용제여. 여기서 만나는 것은 두 번째구려."

"문안 인사를 드리기 위해 온 것은 아닙니다, 아스가르드의 신이시여."

"알고 있소. 표정부터 그렇구려."

오딘이 눈을 떴다.

"용건을 말하시오."

"파프니르에 대해 알고 계십니까?"

바이칼이 정감없는 어조로 물었다.

"주신계로부터 전해 들었소."

"그렇다면 파프니르 코어에 대해서도 들으셨으리라 생각합니다."

"그렇소."

바이칼의 표정이 한층 더 날카로워졌다.

"브리간트님께서 진노하고 계십니다. 파프니르 코어와 관련한 정보를 가지고 계시다면 남김없이 소인에게 전해 주십시오."

"정보라……."

오딘은 바이칼을 보며 자신의 수염을 만졌다.

"처음 이곳에 왔을 때와 달리 많이 대범해졌구려. 한 종족의 왕으로서 자각한 것이오?"

"한 종족의 멸종을 막으려는 간절함만이 있을 뿐입니다."

"그렇구려."

조용히 웃은 오딘은 바르게 앉았다.

"파프니르 코어는 어디 있소? 드래고니스에?"

"그렇습니다. 학자들이 연구를 하려 했지만 침식 능력에 당해 영광스러운 희생을 맞이했습니다. 그 이후 대책없이 구경만 하고 있습니다."

오딘이 손끝으로 수염을 긁적거렸다.

"혹시 코어에 대한 자료를 가져왔소?"

"정말 모르시는 겁니까?"

성별을 구분하기 힘들 만큼 고운 바이칼의 얼굴에 실망이 깃들었다.

"그렇소."

오딘이 눈살을 찌푸려 의심을 거부했다.

"내가 브리간트에게 개인적으로 나쁜 감정을 가진 것은 사실이지만 드래고니스의 죄없는 용족을 모두 희생시킬 만큼 어리석진 않소. 그러니 나에게 그대들이 조사한 정보를 주시오."

바이칼은 품속에서 붉은색의 작은 수정을 꺼냈다. 안쪽에 작은 빛줄기들이 올챙이처럼 쉴 새 없이 움직이고 있는 그 물건은 용족이 사용하는 특수한 자료 저장 장치였다.

바이칼은 그것을 내밀었다.

"쑤밍이 아직도 일어나지 못하고 있습니다."

"그 아이가?"

"동룡족이어서 침식을 피한 것 같습니다만 정확하지 않습니다. 그러니 도와주십시오, 오딘님."

바이칼의 말소리가 마지막에 와서 흔들렸다.

그 젊은 서룡족의 제왕과 쑤밍이 여태까지 남매처럼 함께 자라왔음을 알고 있는 오딘은 진지한 눈빛으로 상대를 위로하며 수정을 받아들었다.

오딘은 투구를 벗었다.

뿔 투구에 눌려 있던 풍성한 백발이 그의 눈썹 아래로 내려왔다.

수정을 이마에 댄 오딘은 눈을 감고 해석에 들어갔다.

"아스가르드의 기술로 만들어진 것만은 분명하구려. 미미르의 창조작인 것 같은데… 도무지 알 수가 없군."

"오딘님께서도 모르신단 말입니까?"

"그건 아니라오."

오딘이 눈을 감은 채 씩 웃었다.

"이 자료를 브리간트에게 보여준 적이 있소?"

"그렇습니다."

"브리간트는 뭐라고 했소?"

바이칼은 대답하지 않았다.

사실 그는 브리간트로부터 오딘에게 가보라는 말을 듣고 이곳에 온 입장이었다.

"후후, 별말 못했을 것이오."

오딘이 수정을 이마에서 떼고 눈을 떴다.

"일단 코어를 드래고니스 밖으로 옮기고 격리하시오. 지금은 그것이 최선이라오."

"최선이라니, 무슨 말씀이십니까!"

"일단 들으시오. 이 자료를 보니 파프니르는 두 가지로 나눌 수 있는 것 같소."

오딘이 손가락 두 개를 펼쳤다.

"첫 번째는 전투용 병기. 그리고 두 번째는 전투용 병기의 양산 장치. 파프니르는 첫 번째에 해당하고 코어를 가진 파프니르는 두 번째에 해당한다오."

"양산 장치라면……!"

"모든 생명체의 생식(生殖)은 창조주, 즉 하이볼크의 법칙을 따라야 하오. 법칙에서 벗어난 존재, 즉 돌연변이라든지 누군가가 만든 인공생명체가 생식을 하지 못하는 이유는 아주 간단하오. 생식을 허락받지 못했기 때문이라오."

"……."

"파프니르는 병기로서 만들어진 인공생명체라오. 그리고 스스로 수를 불리는 기능이 있는데, 그것이 바로 침식이라오. 파프니르는 어떤 특정 존재와의 전쟁을 위해 만들어졌는데, 용제도 알다시피 전쟁에서 가장 기본적인 힘은 머릿수라오. 파프니르는 머릿수의 증가까지 계산하여 만들어진 존재라 할 수 있소."

"대체 누가 그런 전투생명체를 필요로 한단 말입니까?"

"누군지는 잘 모르겠지만… 하이볼크의 허락을 받지 않고 태어난 전투생명체는 큰 특징이 있소."

"어떤 것입니까?"

오딘의 남은 눈이 희미하게 빛을 냈다.

"하이볼크의 법칙을 조작할 수 있는 적과도 싸울 수 있소. 예를 들어… 시간 조작이라든지?"

"시간 조작?"

"조작자를 과거로 되돌아가게끔 하는 것이오. 하이볼크의 법칙에 따라야만 하는 존재들은 시간의 흐름에서 벗어날 수 없지만 그들은 다르다오. 즉사하지 않는 한 위기의 순간을 항상 벗어날 수 있소. 하지만 파프니르는 하이볼크와 관계가 없기 때문에 그 시간 조작이 통하지 않소."

"……."

오딘은 아무 말도 하지 못하는 용제의 앞에서 한 차례 큰 박수를 쳤다.

"옥!"

박수 소리에 바이칼은 퍼뜩 놀라 두 손으로 귀를 덮었다.

오딘이 지그시 웃었다.

"복잡한 얘기는 됐고, 어서 코어를 드래고니스 밖으로 옮기고 격리하시오. 정확한 침식 방식이 밝혀지지 않은 지금은 격리만이 최선의 방법이라오. 그리고 쑤밍은 나에게 데려오시오. 그 아이의 치료 정도는 내가 간단히 해줄 수 있소."

"알겠습니다, 오딘님."

바이칼은 아까 내밀었던 수정을 품에 넣은 뒤 허리를 반쯤 숙여 인사했다.

"다시 돌아오겠습니다, 오딘님. 무례에 대한 사죄와 사례는 그때 하겠습니다."

"하하, 어서 다녀오시오."

오딘은 자신의 의자 좌우에 앉아 있는 늑대들에게 손짓
했다.

"용제를 배웅해 드려라."

"예, 오딘님."

바이칼이 거대 늑대들의 안내를 받아 알현실을 나갔다.

"후우."

한숨을 쉬며 투구를 다시 쓴 오딘은 팔걸이에 오른팔을
올린 뒤 바짝 든 주먹 위에 턱을 댔다.

"아직 꼬마라서 다행이군."

그의 검은색 안대 밑에서 붉은색의 빛이 스며나왔다.

"일을 그르칠 생각인가, 브리간트?"

의자 등받이 위에 앉아 있던 까마귀들이 좌우로 날았다.

오딘의 앞쪽에서 공간의 균열이 일어나더니 온갖 장신구
로 화려하게 치장된 흰 옷을 입고 머리에 황금색 쪽을 댄
노파가 모습을 드러냈다.

"거짓말은 당신이 더 잘 하지 않습니까? 오딘."

노파, 브리간트가 무뚝뚝하게 말했다.

"내 어설픈 거짓말로 아버님의 희생을 헛되이 할 수는 없
지요."

브리간트가 말한 '아버님' 이란 로키를 말하는 것이었다.

"부친의 희생을 기리는 자의 분위기가 아니로군."

"아직 내 자손들이 희생당하지 않았으니까요."

"냉정하군. 창조주다워."

평소에는 웃으며 상대를 대하는 오딘이었으나 지금은 그렇지 않았다.

아스가르드가 온건하던 시절처럼 위엄을 품은 눈으로 브리간트를 바라보고 있었다.

"오딘이여. 당신의 계획, 믿어도 되겠습니까? 라타토스크들은 오로지 희생만으로 쓰러질 존재가 아닙니다."

"아직 기획은 시작도 하지 않았네."

오딘이 깔짝깔짝 수염을 만졌다.

"이제 겨우 전초전이 벌어졌을 뿐이야."

이번에는 브리간트가 한숨을 쉬었다.

"난 당신의 부탁대로 최근까지 하이엘바인을 보호했습니다. 풀어달라는 말을 들었을 때 올 것이 왔다고 생각했지요. 그런데 이제 겨우 전초전이라고요? 당황스럽군요."

"그만큼 라타토스크는 강력해."

안대 밑에서 흘러나오는 오딘의 빛이 더욱 강해졌다.

"우리가 아는 것은 비숍이라는 계급이 있고, 그 밑에 폰이라는 부하들이 존재한다는 것뿐이야. 그 외에 어떤 저력이 있는지 전혀 모른다네."

"그런 저력을 하이엘바인이 상대할 수 있겠습니까?"

"하이엘바인은 그만한 가치가 있는 아이지."

"근거는요?"

"라타토스크들은 그 아이를 두려워하고 있어. 신체구조를 대부분 파악했는데도 말이야. 충분하지 않나?"

"그랬으면 좋겠군요."

브리간트가 코웃음을 쳤다.

"남은 눈은 언제 되찾으실 겁니까?"

노파의 질문에 오딘은 말없이 웃기만 했다.

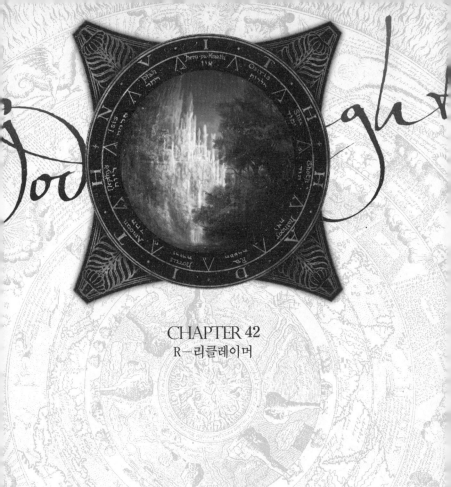

CHAPTER 42
R-리클레이머

GodsKnight R

휀이 있는 도시로 통하는 대로는 네오 올림포스의 침공 등으로 이미 그 기능을 상실한 상태였다.

원래는 어떤 계절이든지간에 사람들의 발길이 끊이지 않는 길이었다.

반나절 거리마다 숙박할 만한 작은 건물들이 있었고 여관 등이 확실히 자리 잡은 작은 도시들도 손님을 끌었다.

하지만 괴물이나 괴인들이 나타난다는 소문으로 인해 대로를 기반으로 하는 모든 시설들은 단 한 달 만에 풍비박산 직전까지 몰렸다.

도적들조차 밤길을 꺼려하는 와중이었으나 장사를 위해 길을 걷는 상인들은 존재했다.

아무리 도시의 인구가 3분의 1로 줄어들었다 해도 10만 이었다.

그것은 근처의 도시 수십 개를 합쳐야 겨우 나오는 숫자 였다.

스타인 가문에서 도시의 물가를 안정시키기 위해 상인들 에게 돈을 지불한다는 소문도 있었다.

재산이 바닥을 드러내 더 이상 빌릴 곳도 없는 상인들에 게는 목숨을 걸고 가야만 하는 길이었다.

그날도 30여 명으로 이뤄진 대형 상단이 길가에서 불을 쬐고 있었다.

10분만 쉰다는 것이 도시의 불빛을 보고 다리들이 풀리 면서 좀 더 오래 걸리게 되었다.

"바람이 어째 쓸쓸하구먼."

수염 짙게 기른 남자가 투덜거렸다.

"앗, 뜨거!"

잘 구운 감자를 입에 대던 자가 흠칫 몸을 떨었다.

감자의 가장 뜨거운 부분에 입을 잘못 댄 것이다.

감자의 절반이 땅에 떨어졌다. 감자를 떨어뜨린 젊은 남 자는 주위 사람들의 웃음소리를 들으며 불 가까운 곳으로 움직였다.

"이제 추워질 때도 됐지. 저 도시는 겨울을 어떻게 날지 걱정이군."

도시가 웜에 의해 여기저기 뚫리고 부서졌다는 소문을 모르는 상인은 없었다.

"멀쩡한 집이 대부분이라니까 어쨌든 견디겠지. 식량이 비쌀 거야. 다음에 올 때는 많이 챙겨오자고."

수염의 남자가 중얼거렸다.

찬바람이 다시 그들을 훑었다.

"으아, 진짜 춥군!"

털가죽 옷 속에서 몸을 한 번 부르르 떤 수염의 남자가 두려움이 섞인 눈으로 주변을 봤다.

"오면서 느낀 건데, 들짐승이 아무것도 안 보여. 곤충도 없다고."

"추워서 그런가?"

"먹을 것이 없어서 그럴 수도 있지."

아까 감자를 떨어뜨린 젊은 남자가 옆 사람을 건드렸다.

"먹을 게 문제가 아닌 거 같아."

사람들이 그 감자 쪽을 봤다.

감자 조각은 흙이 조금 묻어 있을 뿐 매우 멀쩡했다.

득달같이 달려들어야 할 개미도, 그 외의 굶주린 곤충의 모습도 나타나지 않았다.

"정말 불길하군."

을씨년스러운 느낌에 사람들이 몸을 떨었다.

"어?"

한 명이 어딘가를 보고 눈을 크게 떴다.

들판 한가운데에서 감적색의 망토들이 흔들리고 있었다.

달빛이 희미했지만 그 색이 이상할 만큼 뚜렷하게 보였다.

그들은 상단 쪽으로 걸어오고 있었다.

그 망토의 사내들을 가만히 살피던 사람들은 그들의 두건 속에 보이는 가면을 보고 무기를 하나둘씩 빼들었다.

"저 녀석들, 도적인가?"

"모르지. 도적치고 좀 고급스러워 보이긴 하는데……."

잠시 후, 망토의 남자들과 상단이 마주했다.

그들의 한가운데에 서 있는 남자는 새 형상의 무늬가 크게 박힌 가면을 쓰고 있었다.

"불 좀 같이 쬡시다."

그의 부탁에 상단 사람들이 당황했다.

"별로 추워보이진 않는 분들이구려."

가면의 무늬가 방금 흘러나온 용암처럼 빛났다.

사람들이 있던 자리에 검은색 재가 쌓였다.

사람 모양으로 남아 있던 재가 바람에 맞아 산산이 흩어졌다.

"너도 그렇군."

재로 변한 것은 사람들만이 아니었다.

상단의 마차와 마차를 끌던 말까지 전부 가루가 되어 땅위에 흩어졌다.

남은 것은 그들이 쬐던 불과 그들이 앉아 있던 간이의자였다.

의자 위의 재를 망토로 털고 앉은 자는 새 무늬의 가면을 쓴 자, 비숍이었다.

그는 망토 안에 두 팔을 숨긴 채 도시를 가만히 지켜봤다.

"흠."

갑자기 그가 신경질적인 동작으로 목을 풀었다.

"아, 이런 상황까지 닥친 건 처음인 것 같아."

그의 가면 속에서 흘러나온 목소리는 분노로 인해 평소보다 탁했다.

"스물일곱 명이 죽었어. 사냥꾼 외의 적에게 우리가 당한 경우가 있었나?"

"최근 4세대 이내에는 없었지."

대답한 자는 파충류의 머리 모양 무늬를 가면에 새긴 자였다.

"대체 어떤 놈일까?"

웃음을 터뜨린 비숍은 오른손을 망토 밖으로 꺼내어 발 앞에 놓인 돌을 집어 들었다.

돌을 쥔 손에서 검은색 불길이 일어났다. 돌이 썩은 과일 처럼 터져 땅바닥 아래로 쏟아졌다.

"힘을 낭비하는군."

다른 자가 비숍을 지적했다.

"화가 났으니 풀어야지? 그러니까 너희들도 좀 부수고 죽이라고. 꼭 나만 성격 나쁜 녀석이 되는 것 같잖아?"

투덜거린 비숍은 턱을 괴었다.

"아무리 주인님께서 시공간 조작을 금지시키셨다지만 스 무 명이 넘는 인원이 죽어 사라지는 것은 있을 수 없는 일 이야. 우리에 대해서 잘 알지 못하는 한 말이야."

"최악의 경우 아주 자세히 알고 있다고 봐야겠지."

다른 자가 말했다.

"작전을 바꾸는 게 낫지 않을까? 하이엘바인에게는 적절 한 수를 써놨으니 굳이 아이기스에 매달릴 필요도 없잖 아?"

"아직 주인님께서 하이엘바인의 처단 명령을 내리지 않 으셨어. 그리고 우리는 아이기스에 대한 판단을 할 권한이 없지. 용족 몇 마리 잡아 죽이는 것과는 다른 문제라고."

"주인님께서는 아직 말씀이 없으시군."

"사냥꾼들이 처음 나타났을 때도 그러셨지. 기다려 보면 될 거야."

동료들의 얘기를 듣고만 있던 비숍이 자리에서 일어났다.

"좋아, 제군들. 일단 기다려 보기로 하자. 장난도 좀 치면서 말이야."

비숍을 비롯한 전원의 가면이 빛을 발했다.

*   *   *

하이엘바인은 기분 좋게 꿈을 꾸고 있었다.

저택에 돌아오자마자 그녀는 죽은 줄로만 알았던 또 한 명의 동료, 라피르와 만났다.

또한 클라라와 스트라케 모두 장난감 병정과 늑대의 모습에서 벗어나 본래의 아름다운 모습을 자랑했다.

비숍, 로키와 관련된 일들로 인해 한없이 우울했던 그녀는 모두를 껴안고 기뻐했다.

오래간만에 저택의 만찬을 즐긴 뒤 그녀는 푹신한 침대에 누워 잠을 청했다.

잠든 지 얼마 되지 않아 그녀는 꿈을 꾸었다.

어린 시절의 꿈이었다.

끝없이 펼쳐진 아스가르드의 녹색 들판과 차갑게 눈이 덮인 설산, 그리고 구름 한 점 없이 맑은 하늘. 그리고 그 한 가운데에 위치한 세계수, 위그드라실의 장엄한 모습.

그녀는 아버지, 토르와 함께 여행을 다닐 때마다 듬직한 아버지에 비해 너무나 작고 초라한 자신이 싫었다.

어서 빨리 자라나서 아버지와 마찬가지로 아스가르드의 모든 것을 지키는 자가 되고 싶었다.

집에서는 어머니, 시브의 아름다운 모습에 압도당했다.

미모 자체는 다른 여신들에 비해서 뛰어나진 않았지만 황금으로 되어 있는 머리카락만큼은 아스가르드 전체의 자랑거리였다.

하이엘바인은 그런 시브의 금발과 전혀 다른 자신의 은발이 싫었다.

한 번은 로키에게 속아 스스로 머리에 칼을 대고 삭발을 한 적도 있었으나 로키의 말과 달리 그녀의 머리카락은 끝까지 은색이었다.

토르와 시브는 대머리가 된 딸에게 지금 이대로가 좋다고 말해주었지만 하이엘바인의 기분은 풀리지 않았다.

머리가 다시 자랐을 때 토르는 본격적으로 무기를 다루

는 방법을 가르쳐 주었다.

싸움은 그녀의 본능이었다.

토르가 어떤 것을 가르쳐 주면 하이엘바인은 그보다 더 난이도가 높고 정교한 기술을 사용했다.

그녀는 싸우는 것을 좋아했다.

비슷한 또래의 어린 신들 가운데 그녀를 이길 수 있는 자는 없었다.

신이 아닌데도 신을 상대로 이겼고 조금 더 성장한 뒤에는 무기를 제법 잘 다룬다고 소문난 어른들까지도 손쉽게 제압했다.

그녀는 끝까지 신이 아니었다.

그래도 로키를 제외하고는 아무도 그녀를 차별하지 않았다.

전우들이 생긴 뒤 그녀는 훈련이 끝날 때마다 아버지와 함께 거닐던 아스가르드의 평원에서 전우들과 어울려 즐겁게 쉬었다.

그때 그 시절이 꿈을 꾸는 하이엘바인의 감각 속에서 그대로 되살아났다.

풀은 부드러웠고 햇빛은 달디달았다. 바람의 스침은 어머니의 손길처럼 따사로웠다.

하이엘바인은 이대로 꿈속에서 살고 싶었다.

주변에서 재잘거리는 전우들과 함께, 영원히.

"역시 넌 차별을 받아야 마땅해."

갑자기 섬광이 번뜩이듯 하이엘바인의 뇌리에서 목소리가 터졌다.

하이엘바인은 꿈속에서 눈을 떴다.

다음 순간 거부감이 느껴지는 기척을 느끼고 주먹을 쥐었다.

전우들의 모습이 하나씩 사라졌다.

"아……!"

하이엘바인은 손을 풀고 그들을 붙들려 했다.

하지만 그들은 작별 인사 한마디 없이 빨간 불씨로 변했다.

휘날리는 불씨들 너머로 보이는 것은 광대처럼 화려하고 우스꽝스러운 옷차림을 입은 로키였다.

"로키!"

"여어, 하이엘바인. 아스가르드의 최종병기님."

로키의 파란 혀가 그의 턱 아래까지 내려와 흔들렸다.

"네놈은 죽었지 않나!"

"그래, 죽었지. 난 네가 가진 기억이 실체화된 것뿐이야. 네 기억이 내 모습과 인격으로 이야기하는 거지. 난 네 자신이야."

"내 자신이라고?"

"네 능력, 기억의 실체화는 그만큼 강력해."

로키가 웃었다.

"멸망한 우리의 세계, 아스가르드조차 다시 실체화시킬 수 있지."

"무슨 헛소리를……!"

하이엘바인은 웃어넘기고 로키를 주먹으로 치려 했다.

그러나 몸이 그것을 허락하지 않았다.

"언제든지 이겨낼 수 있는 꿈을 악몽이라 부르진 않지."

로키가 크게 웃었다.

청각과 머릿속에서 울리는 목소리대로 로키는, 하이엘바인이 만들어낸 로키는 그녀를 지배하고 있었다.

로키가 다가와 그녀의 얼굴을 붙들었다.

"으윽……!"

하이엘바인의 눈앞이 새카매졌다.

몸을 부르르 떠는 하이엘바인을 로키가 비웃었다.

"넌 비겁해, 하이엘바인."

"으……!"

"비숍의 제안을 받아들였지. 헌터가 적인지, 아군인지, 아니면 지나가는 동물들처럼 중립적인 존재인지 완전히 파악도 하지 않고 말이야."

"시끄럽다!"

그녀는 혼신의 힘을 담아 외쳤다. 로키에 대한 미움과 원망, 복수심이 살의로 변해 로키에게 쏟아졌다.

하지만 로키는 멀쩡했다. 오히려 더 강한 힘으로 하이엘바인의 머리를 압박했다.

"부질없어."

혀로 그녀의 이마를 핥는 여유까지 부렸다.

"그만하라니까!"

"뭘 잘했다고 큰소리지? 넌 네 친구들에게 거짓말을 했어. 모두 네가 힘을 되찾았다고 기뻐했지. 아, 네가 …하고 있는 리오라는 자는 좀 의심하는 것 같지만 말이야."

중간에 잠깐 말이 안 들렸지만 하이엘바인을 자극하기에는 부족함이 없었다.

"나는……!"

"홍, 그럴 수밖에 없었다고? 그래, 넌 최종병기야. 최종병기답게 끝까지 차별받아야 해. 네 부친이 너에게 그랬던 것처럼 말이야."

"닥쳐!"

하이엘바인이 황금색 빛을 눈에서 내뿜으며 로키를 후려쳤다.

복부가 주먹에 뚫린 로키는 뒤로 비틀거렸다.

부상 때문이 아니었다. 그는 그녀를 비웃느라 정신이 없었다.

"하하하! 하하하하!"

"닥치라고 했지 않나!"

하이엘바인은 계속해서 주먹을 뻗었다.

꿈인데도 살을 다지고 뼈를 짓이기는 감각이 손에 생생히 들어왔다.

하이엘바인은 온몸에 로키를 뒤집어쓰면서도 공격을 멈추지 않았다.

"넌 겁쟁이야."

로키가 그녀의 옆에 나타났다.

"넌 그때 토르를 죽였어. 그는 네가 던진 궁니르에 관통당해 죽었지."

"……"

"넌 그의 죽음을 목격했지만 그가 다시 나에게 끌려갔다고 이야기했지. 모두 네 말을 믿었어. 그리고 공식적으로 기록에 남았지."

로키가 하이엘바인의 어깨를 손으로 덮었다.

"토르는 어딘가에 유폐당했다, 라고 말이야."

내리꽂히는 진실에 하이엘바인의 두 무릎이 꺾였다.

무릎을 꿇고 무너져 내리는 하이엘바인 앞으로 로키가

이동했다.

"능력자의 거짓말은 아주 손쉽게 진실이 되지. 반대로 나와 같은 거짓말쟁이의 말은 손쉽게 거짓이 되고 말이야."

"……."

"아, 물론 그 능력자가 꼭 너를 말하는 건 아니야."

"뭐라고?"

하이엘바인이 고개를 들었다.

"오딘만큼 거짓말을 잘하는 자가 또 있을 것 같나? 너도 알잖아? 그가 네 진짜 창조주이며 아버지라는 사실을 말이야."

"닥쳐!"

"그걸 알게 된 순간부터 네 마음속의 토르는 가짜가 됐어."

"으아아아!"

하이엘바인은 절규하며 로키를 향해 높이 뛰어올랐다.

아무것도 없었던 그녀의 손아귀에 궁니르가 나타나 로키의 머리와 가슴을 갈랐다.

그녀는 둘로 나뉘어 쓰러진 로키의 잔해를 계속해서 찍었다.

멈추면 또 그의 목소리가 들릴 것 같아 힘이 닿는 데까지 계속해서 궁니르를 움직였다.

얼마나 지났을까.

분해된 로키의 한가운데에 앉아 가쁜 숨을 몰아쉬던 그녀의 귓가에 다시 로키의 목소리가 들려왔다.

"떳떳해지라고, 하이엘바인."

"……."

"토르는 널 차별했어."

다시 나온 그 소리에 하이엘바인의 눈이 격노로 번뜩였다.

그녀가 올려다본 로키는 평온하게 웃고 있었다.

"녀석이 믿은 아이는 너밖에 없었을 거야."

하이엘바인은 지금 로키가 짓고 있는 그 미소를 기억하고 있었다.

그녀가 태어나서 눈을 떴을 때, 로키는 지금과 같은 표정으로 토르와 어깨동무를 한 채 그녀를 환영해 주었다.

"극복해 봐. 스스로."

"……."

"라타토스크 따위는 믿지 마."

하이엘바인이 눈을 떴다.

"하이엘바인님, 숨을 쉬세요!"

클라라가 그녀를 흔들었다.

'난… 깨어난 건가?'

침대에서 상체를 일으킨 그녀가 크게 기침했다.

그녀의 숨소리에 클라라와 스트라케, 라피르 등 모두가 안도했다.

"무슨 일이세요, 하이엘바인님? 땀까지 이렇게 흘리시고⋯⋯!"

카이네는 고개를 옆으로 흔들었다.

"꿈을 꾸었단다."

"꿈이요?"

할 말을 잃은 클라라로부터 눈을 돌린 하이엘바인은 창밖을 봤다.

아직 밤이었다.

"라타토스크⋯⋯?"

"예?"

세 명의 발키리가 방금 중얼거린 그녀를 봤다.

"무슨 말씀이십니까, 하이엘바인님? 라타토스크라니요?"

라피르가 침대 위에 올라와 그녀와 시선을 맞췄다.

하이엘바인은 입술을 꼭 다물었다.

발키리들은 침묵하는 그녀를 안타깝게 바라봤다.

하이엘바인은 방금 비숍에 대해 말하려고 했다.

침묵은 그 때문에 발생한 것이었다.

하지만 라타토스크라는 말만은 꺼낼 수 있었다.

"날이 밝으려면 멀었나?"

그녀가 물었다.

"아니요, 하이엘바인님."

클라라가 고개를 저었다.

"식사라도 준비해 올릴까요?"

스트라케가 이어서 물었다.

"함께 먹자꾸나."

저녁식사를 마친 지 얼마 안 된 모두는 서로를 물끄러미 봤다.

하이엘바인은 침대에서 내려와 머리를 정돈했다.

"이제 큰 싸움이 벌어질 것이야."

그 엄숙한 한마디에 여느 처녀들과 다를 바 없던 발키리들의 표정이 전사의 것으로 변했다.

*　　　　*　　　　*

도시의 경비부대와 주둔군은 새벽부터 바쁘게 돌아갔다.

큰 위험이 닥칠 것이라는 스타인 가문의 제보와 휀이 주도한 공작 활동에 의해 도시 전체에는 피난 명령이 떨어졌다.

성문 구역을 맡은 부대의 통제와 잘 뚫린 도시의 도로 덕분에 피난 행렬은 그리 혼잡하지 않았다.

경비부대의 골치를 아프게 만드는 것은 자신의 집과 재산을 죽어도 스스로 지키겠다는 소수의 주민들뿐이었다.

피난 행렬이 이어지는 가운데, 경비부대원 한 명이 투구를 벗고 한숨을 쉬었다.

"야밤에 이게 무슨 난리야."

"그러게 말일세."

다른 병사가 담배를 물었다.

"그래도 사람들이 어느 정도 준비를 하고 있었으니 다행일세. 아니었으면 숨 쉴 틈도 없었을 거야."

"그렇지."

투구를 벗은 병사가 땀을 닦으며 어둠이 짙은 도시를 둘러봤다.

"여길 이렇게 떠나게 되는군."

이 도시는 그가 태어나고 자란 곳이었다.

그는 묵묵히 피난하던 사람들을 보며 슬퍼했다.

"하필이면 오늘 이럴 게 뭐람?"

몇 시간 전까지 딸의 탄생 백일 기념일을 준비하던 병사가 화를 냈다.

그는 여태까지 도시에서 벌어진 기막힌 상황 속에서 무사히 태어나고 자라준 딸에게 고마워하고 있었다.

그래서 다른 이들의 도움까지 받아가며 기념일을 준비했
지만 운명은 얄궂게 돌아갔다.

"부인은 괜찮나?"

동료의 질문에 병사는 고개를 저었다.

대혼란 속에서 출산을 한 여성이 몸과 마음을 안정시키
는 것은 확실히 무리였다.

빈혈과 탈수 증세가 매일같이 닥쳤고 혼절도 자주 했다.

"약이라도 좀 제대로 썼으면 좋을 텐데……."

"스타인 가문을 찾아가 보지 그러나?"

"스타인 가문?"

"그래. 그곳의 도련님이 계속 사람들을 돕고 있지 않나?
환자들도 돌본다는 얘기가 있으니 여유가 되는 대로 찾아
가 보게."

"이 와중에 무슨 여유인가?"

그는 대피 행렬을 눈짓으로 가리켰다.

스타인 가문의 얘기를 꺼냈던 병사는 머쓱한 얼굴로 다
른 곳을 봤다.

"어? 뭐야, 저 사람?"

병사들의 눈에 큰 키의 남자가 들어왔다.

회색 망토를 몸에 두른 남자가 붉은 장발을 흔들며 길을
걷고 있었다.

뿐만 아니라 대피 행렬과 반대로 걷고 있었기에 더욱 눈에 띌 수밖에 없었다.

'용병인가?'

병사들은 의구심을 가졌다.

"어이, 거기 빨간 머리! 대피 명령이 떨어진 걸 모르오?"

남자가 걸음을 멈췄다.

"아, 저는 스타인 저택으로 가는 중입니다."

"스타인 저택? 용병이오?"

"비슷하죠."

씩 웃은 남자는 다시 발걸음을 옮겼다.

경비대 병사들로부터 몸을 돌린 그 남자, 리오는 뒷머리를 긁적거렸다.

'느낌이 안 좋군.'

그는 아까 전부터 도시 전체에 흐르고 있는 이상한 공기에 긴장하고 있었다.

그의 경험상 이것은 살기였다.

그것도 인간이 아닌 것들만이 가질 수 있는 기운이었다.

그렇다고 네오 올림포스의 것도 아니었다.

무엇보다 위치를 정확히 파악할 수가 없었다.

이 도시를 구성하는 공간 전체가 꼬여 그의 감각을 방해하고 있었다.

대피하는 사람들 사이에서 일이 벌어질 가능성이 적지 않았다.

그래서 리오는 다른 이들과 상의한 뒤 구역을 나누어 도시를 살펴보기로 했다.

'하이엘바인님부터 시작해서 휀에 지크, 케롤까지 있는데 불안하다니, 화가 막 나는군.'

자기 자신에 대한 비난은 아니었다. 리오는 자신이 왜 그렇게 불안해하는지 알고 있었다.

'휀은 네오 올림포스가 아닐 거라고 했는데……. 대체 뭐가 어떻게 돌아가는 거지?'

휀도 휀이었고, 하이엘바인의 급변한 태도도 그랬다.

도시를 살피자고 제안한 사람이 바로 하이엘바인이었다.

현재 그녀뿐만 아니라 좀 덜떨어져 보이던 발키리들까지 정색을 하고 완전무장하여 도시를 돌아다니고 있었다.

'뭔가 큰일이 날 것 같긴 해.'

딱 그럴 때가 오긴 왔다고 그는 생각했다.

"아아아악!"

갑작스런 비명 소리가 거리 저편에서 들렸다.

성문 방향이었다. 그곳을 돌아본 리오의 적동색 얼굴이 단숨에 굳어졌다.

비명을 지른 자는 경비대원이었다.

병사는 리오가 처음 보는 괴물, 꼭 가재처럼 생긴 괴물을 상대로 혈전을 벌이고 있었다.

리오는 믿을 수 없었다.

'이렇게 가까운데 감지를 못하다니!'

리오는 검을 뽑아들고 달렸다.

경비병의 검이 괴물의 집게발에 부서지는 순간 리오의 디바이너가 괴물의 몸을 덮쳤다.

"하아아!"

괴물을 검에 꽂은 리오는 번쩍 들어 올리더니 그대로 바닥에 메쳤다.

바닥에 꽂히다시피 한 괴물의 몸은 지면과 함께 도자기처럼 산산조각 났다.

검도 잘 들어가지 않는 괴물의 단단한 육체가 단숨에 박살 나는 것을 본 병사는 경악했다.

어둠 속에서 다른 괴물들이 슬슬 기어나왔다.

눈에 보이는 것이 리오가 느끼는 적들의 전부였다.

다른 곳에 적이 얼마나 있는지 감이 잡히지 않았다.

병사들뿐만 아니라 대피하는 주민들 틈에서도 비명이 터졌다.

하지만 리오에게 몰려드는 괴물들의 수는 점점 불어날 뿐이었다.

"가서 사람들을 도우시오!"

병사의 눈앞에서 괴물의 집게발과 리오의 검이 격돌했다.

집게발과 머리가 깨져 비틀대는 괴물의 몸에 리오의 발길질이 꽂혔다.

외골격이 부서지고 비릿한 체액이 쏟아졌다.

또 다른 괴물이 덤비자 리오는 주먹으로 괴물의 복부를 올려쳤다.

배가 깨지면서 붕 떠오른 괴물을 디바이너의 보라색 칼날이 낚아챘다.

부서진 괴물을 발로 차서 다른 괴물에게 떠민 리오는 다시 병사를 재촉했다.

"어서 가라니까!"

"아, 알았소!"

경비병이 피난민들을 향해 달려갔다.

그러나 그가 몇 걸음 옮기기도 전에 건물 위에서 나타난 괴물들이 그를 덮쳐 집게발을 내밀었다.

"으아아악!"

괴물들의 틈바구니 속에서 병사의 팔다리가 펄떡펄떡 뛰었다.

그에게서 눈을 돌린 리오는 무섭도록 냉정하게 적들을

쏘아봤다.

[하이엘바인님, 들리십니까?]

그는 정신감응을 시도했으나 응답이 없었다.

[휀! 지크!]

그는 미리 약속된 정신감응 범위 내에서 다른 이들을 불렀다. 하나 역시 응답은 없었다.

"젠장!"

리오는 불안감 속에 검을 움직였다.

적을 눈과 귀로만 확인해야 하는 상황이 되자 그는 검을 크게 휘두르지 않았다.

머리를 날리거나 급소를 찌르는 등 효율적으로 싸웠다.

주변에 적들이 너무 많이 몰렸을 때를 제외하고는 한 번에 여럿을 베지 않았다.

적을 일부러 선 채로 죽게 한 뒤 그것을 자신의 방패로 삼는 치밀함까지 보였다.

그러다가 적이 한꺼번에 덤비면 그의 움직임도 폭발적으로 변했다.

해일처럼 단숨에 몰아쳐 적의 기세를 꺾었다.

리오는 집중하고 있었다.

그의 귀에 들리는 것은 괴물들이 움직이는 소리와 자신의 숨소리뿐이었다.

그가 만들어내는 시체의 수는 상당했지만 쌓이는 숫자는 얼마 되지 않았다.

느껴지지 않아서인지 리오는 당장 그에 대해 인식하지 못했다.

그때, 다른 것들보다 훨씬 큰 대형 괴물 하나가 리오 쪽으로 달려들었다.

그 육중한 진동에 놀란 리오는 눈살을 찌푸리며 그쪽을 봤다.

'저런 놈이 나오는 것도 느끼지 못했다고?'

몸길이가 리오의 키의 다섯 배에 가까운 존재였다.

'뭐가 어떻게 된 거야!'

리오는 다시 싸움 방식을 바꿨다.

대형괴물이 소형괴물들과 뒤섞여 덤빈다면 아무리 그라해도 쉽게 싸울 수는 없었다.

큰 기술을 사용해서 전부 날려 버리는 것도 방법이었다.

하지만 대피하지 못한 사람들이 아직 가까이에 있었다.

그야말로 답답한 상황이었다.

큰 괴물이 리오를 향해 입을 벌리고 목을 뻗었다.

작은 것들과 똑같은 갑각류 형태의 괴물이었지만 구조적으로 다른 부분이 많았다.

리오가 옆으로 비켜 피했다. 괴물의 입이 땅을 파고 돌을

씹었다.

피한 그에게 작은 괴물들이 달라붙었다.

"비키라고!"

그가 몇을 처리하자 다시 대형괴물이 입을 내밀었다.

이번에도 리오는 쉽게 피했지만 그것이 여러 차례 반복되면서 리오가 유지하던 적들과의 간격이 점차 흐트러졌다.

"하아아앗!"

리오는 결국 검을 들고 힘을 발휘했다.

하얗게 빛나는 스펠다이얼들이 그의 오른팔에서 맹렬하게 회전했다.

중간급의 충격 마법이었는데, 그 힘을 머금은 디바이너가 마찬가지로 흰 빛을 냈다.

이윽고 빛의 파도가 소형괴물들을 덮쳤다.

영향권에 확실히 들어간 괴물들은 일제히 터지거나 부서져 절명했다.

살상 범위 밖의 괴물들은 뒤로 밀려 자신의 동료들과 뒤엉켰다.

한 차례의 공격이 끝난 뒤 주변이 조용해졌다.

상황이 정리됐다고 생각한 리오에게 괴물 하나가 달려들었다.

'아직 있다고?'

리오는 전력을 다해 검을 휘둘렀다.

검이 적에게 닿는 순간 리오의 눈이 벌어졌다.

베어지는 괴물의 틈새 사이로 아까 마법검의 힘에 휘말려 부서졌던 적들이 그대로 서 있었던 것이다.

그를 향해 대형괴물이 입을 벌리고 목을 뻗었다.

'허상인가?'

그럴 가능성이 반, 아닐 가능성이 반이었다.

그래서 그는 디바이너를 움직였다. 차라리 대응을 하는 편이 나았기 때문이다.

머리가 부서진 괴물이 쓰러지는 한편, 리오의 뒤편에서 또 다른 대형괴물이 돌진해 왔다.

'저건 또 뭐야?'

갑각류의 괴물이 아니었다.

긴 손발, 두 개의 눈, 몸에 덮인 두꺼운 털. 하지만 크기는 설인보다 훨씬 큰 정체불명의 유인원이었다.

무엇보다 생긴 것이 흉악했다.

코는 구멍만이 존재했고 혈관이 불거진 검은색 안면은 악취가 섞인 땀으로 범벅이었다.

'식사를 괜히 잔뜩 했군.'

비위가 상한 리오는 침을 한 번 크게 삼킨 뒤 검을 고쳐 잡았다.

"으워어어어!"

원숭이처럼 생긴 괴물이 오른팔을 크게 쳐들고 돌진해 왔다.

대단히 큰 예비동작이었고 그런 기세로는 토끼 한 마리 잡을 수 없었다.

주먹질을 피한 리오는 주변 가옥들을 단숨에 붕괴시키는 파괴력에 자못 놀랐다.

'맞으면 또 큰일이겠군.'

뒤에서 갑각류 괴물이 오른쪽 집게를 들었다.

리오가 그 소리에 반응하는 사이 원숭이 괴물이 왼팔을 휘둘렀다.

리오가 집게발을 부수면서 왼손으로 마법을 사용했다.

집게발이 검에 부서지는 것과 동시에 원숭이 괴물의 왼팔이 분쇄됐다.

괴물이 입을 벌리고 포효했다. 새하얗게 맺힌 빛이 입에서 튀어나와 리오에게 날아갔다.

'기력? 아니, 가스인가?'

디바이너의 보라색 검광이 그 덩어리를 가로질러 파열시켰다.

쏟아지는 악취 속에, 리오는 마법검을 추가로 건 디바이너를 두 번 더 휘둘렀다.

"가스였군!"

전류가 섞인 충격파가 원숭이 괴물의 오른팔과 두 다리를 깨끗이 잘랐다.

남은 괴물의 몸뚱이는 전기적 충격으로 인해 지면 위에서 펄펄 뛰었다.

리오는 문득 검끝을 내렸다.

"아니……?"

그는 자신의 주변에 아무것도 없다는 사실에 실소를 터뜨렸다.

그는 자신의 눈을 의심했지만 특별한 이상은 없었다.

"환상인가?"

그는 디바이너를 살폈다.

검에는 아무런 흔적도 없었다.

쉽게 흠집이 생기는 검은 아니었지만 그가 쳐댔던 것들이 딱딱한 외골격인 것을 감안하면 긁힌 자국 정도는 있었어야 정상이었다.

하지만 깨끗했다.

"역시 실력이 좋군."

박수 소리가 그의 귓가에 들렸다.

리오는 아까 원숭이 괴물의 주먹질에 부서졌다고 느꼈던 가옥들 위에 무수히 서 있는 감적색 망토의 사내들을 목격했다.

"일부러 큰 기술을 쓰지 않고 폰(Pawn)들을 제거하다니, 훌륭해. 다른 녀석들은 막판에 가면 다 도망치느라 바빠지거든."

리오의 바로 앞에 그들 중 한 명이 내려왔다.

새의 무늬를 가면에 새긴 자, 비숍이었다.

"저번에도 그렇고, 역시 너라는 존재는 강하게 설정되었나 보지?"

기억상 오늘 비숍을 처음 만나는 리오는 그의 말을 이해할 수 없었다.

"나를 아나?"

"네가 유명인이라는 건 너도 잘 알잖아?"

비숍이 고개를 까딱였다.

가면의 무늬만 다를 뿐, 복장과 가면의 형태가 동일한 다섯 명의 사내가 리오의 주변에 내려왔다.

"아무래도 너에겐 뭔가가 있는 것 같아. 주인께서 다른 놈들을 다 놔두고 너부터 '처리해 보라'고 하신 걸 봐서는……."

비숍은 말을 멈추고 어깨를 으쓱했다.

"흠, 내가 보기엔 별거 없는데 말이지?"

"그래?"

씩 웃은 리오는 직감했다.

'이녀석들이군.'

그는 눈앞에 나타난 낯선 적들에게서 핵심을 느꼈다.

"내 눈에는 너희들이 상당히 특별해 보이는데, 아무래도 좋은 거래가 될 것 같군."

"후후, 그럼 잘 해봐."

비숍이 다시 건물 위로 뛰어올랐다.

다섯 명의 사내가 장검을 각각 들고는 검은색 불길을 리오에게 날렸다.

디바이너로 불길을 막은 리오가 건물에 격돌했다.

건물 벽은 멀쩡했지만 리오는 입 밖으로 대량의 피를 토했다.

'이런!'

그 자리에서 무릎을 꿇을 뻔했던 리오는 다시 날아오는 검은색의 불길을 가까스로 피했다.

'그냥 막으면 안 돼! 충격이 고스란히 들어온다!'

불길 중에 하나가 그의 오른팔을 때렸다.

"크읍!"

비명이 리오의 입에서 터졌다. 팔에 감은 브리간트의 보호대가 아니었다면 절단 이상의 피해를 입을 상황이었다.

'우습게 볼 놈들이 아니야!'

긴장하는 그의 뇌리에 폐허가 된 니블헤임이 떠올랐다.

'니블헤임도 이녀석들이 파괴했나?'

쏟아지는 불길들을 피하던 리오는 왼손에서 또 한 자루의 검을 뽑았다.

오딘이 그에게 전해준 그람이었다.

"호오."

비숍이 흥미를 가졌다.

"저번에는 파라그레이드였나? 같잖은 오리하르콘 무기를 들고 다니더니 이번엔 다르군. 하이볼크가 주던가?"

"파라그레이드라고? 으윽!"

한 명의 팔꿈치가 리오의 어깻죽지를 파고들어왔다.

어깨가 부서지는 것을 가까스로 참아낸 리오는 그람으로 적을 베었다.

그람의 각진 끝이 상대의 망토를 스쳤다. 망토가 순식간에 타면서 구멍이 뚫렸다.

비숍의 가면이 빛을 발했다.

'성능이……? 분석이 안 되는군. 아스가르드의 무기인가?'

그가 그람에 대해서 생각하는 한편, 리오와 육박전을 벌이던 세 명이 주먹과 발로 리오를 동시에 공격했다.

세 명의 공격을 한꺼번에 받은 리오는 저 멀리 굴러 떨어졌다.

"으으윽!"

리오가 머리를 털고 일어났다.

"네놈들이 니블헤임을 공격하고 블랙테일 부족을 쳤나?"

"음, 그렇지."

비숍이 순순히 대답했다.

"목적이 뭐냐!"

외치는 그에게 다섯 명이 다시 덤볐다.

리오는 그들의 강력함에 경악했다.

또한 그와 똑같은 차림새의 구경꾼만 40명이 더 서 있는 것을 보고 박탈감까지 느꼈다.

'내가 이녀석들을 이길 수 있을까?'

승산이 떠오르지 않았다.

그람을 든 왼손이 조건반사적으로 움직였다.

리오의 의사와 관계없이 움직인 그람이 상대의 머리에 명중했다.

"으!"

어설프게 베인 탓인지 검이 박힌 상대가 저항을 준비했다.

"하아아!"

리오는 디바이너로 그람의 위를 때렸다.

그람에 충격이 한 번 더 들어가자 검이 더욱 깊숙이 박혔다.

머리가 둘로 베인 가면의 사내가 뒤로 비틀거리며 물러났다.

그가 당연히 재생할 것이라 생각했던 비숍과 그의 동료들은 불쏘시개처럼 타서 쓰러지는 동료를 보고 경악했다.

'검의 성능인가?'

비숍이 주먹을 움켜쥐었다.

그람이 계속해서 리오를 움직였다.

리오는 머릿속에 전해져 온몸에 퍼지는 그 검의 도움을 강제로 받아들일 수밖에 없었다.

공격하는 리오의 옆구리에 강렬한 충격이 들어왔다.

바짝 긴장한 적들이 그를 더욱 날카롭게 공격하고 있었다.

걷어차인 리오는 지면을 구른 끝에 간신히 멈출 수 있었다.

입에서 피가 다시 터졌다.

넝마가 되는 그의 육체를 그람이 다시 일깨웠다.

리오는 자신이 대단히 신선한 고문을 받고 있다고 생각했다.

'오딘님, 대체 저에게 뭘 주신 겁니까?'

한 명이 물러나고 세 명이 리오에게 달려갔다.

그들이 손에 쥔 검에서 불길이 타오르며 큰 진동이 울렸다.

서로의 파장을 증폭시켜 몇 배나 더 강력한 공격을 먹이겠다는 의지였다.

철회색의 검, 그람에 이끌려 일어난 리오는 이를 악물었다.

이제는 어떻게든 적을 박살 내겠다는 의지가 그를 움직이고 있었다.

'내가 쓰러지면 그 다음은……!'

하이엘바인이 있으니 괜찮을 것이다.

리오는 그 생각을 일찌감치 지웠다.

그는 왼손의 검으로 세 명에게 덤벼들었다.

세 명이 힘을 합쳐 날린 불길을 그람으로 막아낸 리오는 디바이너까지 교차하여 온 힘을 다했다.

"타앗!"

기합을 내지르며 불길을 자르고 날린 리오의 눈에 화살처럼 무수히 날아오는 불길의 무리가 보였다.

부러지는 소리가 리오의 왼팔에서 터졌다.

그람이 불길들을 모조리 치고 잘랐다.

비숍은 고개를 조금 뉘이며 어이없어했다.

"저건 또 뭐야?"

리오의 왼팔이 비정상적인 각도로 뒤틀린 채 꼬여 있었다.

"흐!"

리오 자신도 팔이 부러지고 뼈가 꺾인 격통에 어이가 없어 웃고 말았다.

팔이 몇 바퀴 돌더니 다시 본래의 형태로 돌아왔다.

찢어진 근육과 인대, 그리고 뼈가 빠르게 재생되었다.

잘리거나 터져서 완전히 파괴되지 않으면 재생은 아주 빠르고 간단하게 이뤄졌다.

"보는 내 눈이 다 아프군. 표정을 봐서는 너도 모르는 기능인 것 같은데?"

비숍이 큰 소리로 물었다.

"보기만 해도 아픈 일을 내가 억지로 할 리가 있을까?"

"흠, 과연."

상황이 잠깐 소강 상태에 들어갔다.

"하이엘바인님께 수작을 부린 게 네놈인가?"

"전부 우리 탓으로 돌리는군. 증거있나?"

비숍이 키득거렸다.

"넌 잠자코 한 번 더 사라져 주면 돼."

"날 죽인 적이 있는 녀석처럼 말하는군."

리오가 피식 웃었다.

"아, 물론이지."

비숍이 대답했다. 리오의 미소가 바로 사라졌다.

"물론이라니?"

비숍이 검지를 들고는 좌우로 저었다.

"네 형제였나? 슈리메이어 반 스나이퍼가 분쇄된 건 알 거야. 녀석들을 친 게 바로 우리야."

그의 실토에 리오가 눈을 부릅떴다.

"그리고?"

"흠, 화를 잘 참는군."

비숍이 무릎을 굽히고 앉았다.

"사실 그 다음 목표가 네가 될 줄은 몰랐어. 그냥 우연히 지나가다가 부딪쳤다고 말하긴 그렇지만…… 아무튼 우린 너와 싸웠고 넌 죽었지. 슈리메이어 반 스나이퍼처럼 존재 자체를 지워 버렸어."

비숍의 가면 무늬가 빛났다.

"너희들은 보통 인간들과 달리 법칙에 의해 존재하는 가 련한 놈들이야. 법칙이 존재하는 한 절대 죽지 않아. 3개월 정도 있으면 살아나는데, 그것도 주신계와 선신계, 악신계 사이에 채결된 조약에 의한 자존심 싸움의 산물일 뿐, 너희 를 살릴 수 있는 존재가 옆에 있으면 수십, 수백, 수천 번이라도 반복해서 되살아날 수 있어. 법칙만 갱신하면 되거든."

비숍의 가면이 더욱더 강하게 발광했다.

"신의 입장에서는 도장으로 햇님 달님 모양을 쿵쿵 찍는 것보다 쉽지."

"……"

비숍이 보란 듯 두 팔을 벌렸다.

"우리가 한 일은 간단해. 그 도장을 깨부쉈지. 너희들의 모든 것이 기록된 틀이 부서진 거야. 슈리메이어 반 스나이퍼는 그렇게 제거됐고 네놈도 마찬가지였어. 그런데 어느 순간인가 네놈이 다시 나타나더군. 리오 스나이퍼가 아니라 리오라는 약칭으로 말이야."

리오가 흠칫했다.

"리오… 스나이퍼?"

"가물가물하지? 그럴 거야. 리클레임(Reclaim)… 재생 작업을 하면서 널 알고 있는 자들의 기억이 전부 조작됐거든. 우선 기본적으로 너를 모르게 만들 필요가 있었을 거야. 혹시라도 너를 아는 자와 만나게 되면 기억의 오류가 생기고, 그로 인해서 네놈의 존재 자체가 이상하게 헝클어질 수도 있으니까."

비숍이 오랫동안 키득거렸다.

"기억하나? 파라그레이드를 만든 놈의 이름이 뭐지? 세

이아라는 이름은 아나? 부르크레서는? 레나는? 키세레는? 베니카는? 또 뭐가 있지? 련희와 가희였나? 하하하!"

"으……."

리오의 몸 전체에서 회색의 파동이 일어났다. 그의 모습이 물에 비친 허상처럼 심하게 가물거렸다.

"호오, 생명 반응이 뒤틀리는군. 그게 바로 기억의 오류라는 거야. 법칙만으로 이뤄진 자들의 약점이지."

비숍이 리오를 지적했다.

"지금 너에게 남은 기억은 네 것이 아니야. 네놈과 앞으로도 관계가 이어질 만한 자들의 기억이 갈무리된 것뿐이야."

"뭐?"

"네 제자라는 계집이 기억하는 너만이 존재한다는 것이지."

"무슨……?"

리오는 이해할 수 없다는 눈빛이었다.

비숍의 가면 속에서 한숨이 터졌다.

"흥이 식는군. 쉽게 설명해 줄까? 다른 이들의 기억을 뽑아서 재활용한 거야. 대충 너처럼 꾸민 거지. 교육이 다시 된 것 같기도 해. 내가 상대했던 리오 스나이퍼와는 기술 면에서, 또 판단력 면에서 좀 더 진보했거든. 하이볼크가 왜 꼭 너를 리오 스나이퍼처럼 꾸미려고 했는지 모르겠군.

나 같으면 좀 더 보기 좋게 여자로 꾸몄을 텐데 말이야."

리오의 모습이 한층 더 투명해지는 가운데 비숍이 다시 일어났다.

"빨간 머리 여자? 나쁘지 않지."

비숍과 그의 동료들이 일제히 같은 목소리로 웃었다.

"네놈들도 동일한 존재인가?"

리오가 다시 뚜렷해졌다.

비숍이 웃음을 멈추고 그를 봤다.

"우리? 우리는 모두 동일해. 똑같은 목적을 위해 태어났으니 당연하지. 물론 특기와 기억, 그리고 존재해 온 시간이 다를 뿐이야."

비숍이 말했다.

"다른 생물도 그렇잖아? 이상한가? 아, 너처럼 재생된 제품은 생각이 다를 수도 있겠군."

"이 자식!"

리오의 일갈과 동시에 디바이너와 그람이 각자의 빛을 머금고 리오와 함께 솟구쳤다.

가면의 사내들 역시 뛰어올랐다.

그중에서 두 명이 불길로 방패를 만들어 앞을 단단히 보호했다.

리오는 생각하기를 포기했다.

그람에서 전해지는 힘이 그를 집중시키고 있었다.

'저 녀석을 없앤 뒤에 생각하는 거야! 전부 다!'

그의 눈에는 오로지 비숍의 가면에 박힌 새의 무늬만이 들어왔다.

리오의 목과 심장에 적들의 검이 한 치 앞까지 접근했다.

비숍은 고속으로 흐릿해지는 리오의 모습을 지그시 관찰했다.

'말은 그렇게 했지만 느낌이 안 좋아.'

가면의 사내들이 들고 있던 검이 땅에 떨어졌다.

방패 역시 부서져서 허공에서 산화했다.

그람의 일격에 당한 자들은 모든 것을 잃었다.

완전히 집중하여 그람과 하나가 된 리오의 주위엔 적들이 남긴 불씨들만이 발광하고 있었다.

'하이볼크가 대체 뭘 염두에 둔 거지? 그냥 저 모습이 마음에 들어서 저렇게 재생시킨 건 아닐 테고……. 내가 모르는 특기 같은 게 있나?'

비숍은 카이리를 치려다가 정체불명의 존재에게 당한 동료 스물일곱 명의 경우를 떠올렸다.

'아스가르드의 무기를 다룰 수 있다는 점? 아냐, 그건 오딘에게 얻으면 되는 문제야. 그리고 오딘 역시 우리에 대해 그리 깊게 알지는 못할 거야. 로키에게 우리가 알려준 것은

일부의 일부니까.'

리오는 팔의 보호대로 자신의 얼굴에 붙은 불씨를 떨쳐 냈다.

"끝까지 거슬리는 놈들이군."

중얼거린 그가 갑자기 비숍의 시야에서 사라졌다.

'흠.'

리오의 순간적인 움직임을 인식하지 못한 비숍의 동료들 은 다시 불씨가 되는 동료 두 명의 마지막 모습을 가만히 보고만 있을 수밖에 없었다.

다른 가면의 남자들이 검이 아닌 각자의 무기들을 들고 리오를 공격했다.

비숍은 주변에 꾸며둔 공간의 왜곡을 살폈다.

'하이엘바인의 감지 능력은 조작해 놨으니 됐고……. 여 태까지 휀 라디언트가 오지 않는 것을 보면 저 녀석을 잡는 건 어렵지 않겠군. 그런데 왜 주인님께서는 저 녀석을 제거 해 보라고 하셨지? 그냥 제거하라는 뜻이 아니라 제거해 보 면 뭔가 더 알 것이라는 가르침 같았는데?'

자신을 노리는 적들의 수가 많아지자 리오의 살기도 점 차 진해졌다.

"한 놈만 빼고 모조리 죽여주마!"

직접적으로 비숍을 지적한 리오는 전력을 다해 움직였다.

비숍의 동료들이 각자의 불길들을 리오에게 쏟아부었다.

그람과 디바이너로 불길을 쳐낸 리오의 등 뒤로 하얗게 타버린 망토가 날아갔다.

"후우!"

큰 심호흡과 동시에 디바이너가 보라색 초승달을 그렸다.

워낙 자세가 큰 공격이라 공기만이 베였지만 그의 힘에 의해 찢어진 대기의 괴성은 비숍들을 한꺼번에 흔들었다.

충격파에 밀린 가면의 남자들은 한 번 흩어진 뒤 다시 돌진했다.

리오는 속도를 살려 흩어진 가면의 남자들을 하나씩 쳤다.

디바이너가 그들의 자세를 무너뜨리고 그람이 그들을 분해했다.

디바이너는 한 번 적들을 칠 때마다 검은색 불꽃의 영향을 받아 산화했지만 그람은 역으로 그들을 처리했다.

리오가 그들 중 한 명의 머리를 붙잡고 위로 들어 올렸다.

"좀 벗어보시지!"

하지만 가면은 쉽게 벗겨지지 않았다. 목이 돌아가거나 머리와 함께 잘렸으면 잘렸지 가면 안의 모습이 드러나는 경우는 없었다.

다른 적들이 다가오자 리오는 공을 던지듯 상대를 땅에 내던졌다.

정수리부터 땅에 처박힌 가면의 남자는 리오가 그람으로 만들어낸 충격파에 잘려 순식간에 산화됐다.

리오는 다른 적들을 돌아봤다.

가면의 사내들이 빠른 속도로 리오를 둘러쌌다.

수명의 공격을 어찌어찌 막고 피한 리오는 미세하게나마 뒤로 빠져 있는 자를 향해 그람을 앞세워 돌진했다.

"하아아!"

검에 정면으로 받힌 사내는 둥실 떠오르더니 바닥을 나뒹굴었다.

한 명이 누운 사이 다른 자들이 리오의 등판을 향해 공격을 퍼부었다.

그러나 그들이 벤 것은 허상에 지나지 않았다.

그들의 뒤편에서 푸른색의 안광 한 쌍이 솟구쳤다.

뒤를 돌아본 가면의 사내들은 그람을 치켜든 채 포효하는 리오의 모습을 그냥 보기만 했다.

"없어져 버려라!"

탄력 넘치는 금속음이 리오의 옆으로 튀어나갔다.

그람이 저편으로 튕겨 나가고 리오의 자세가 크게 휘청거렸다.

"윽!"

디바이너를 두 손에 든 리오의 얼굴에 검은색 불길이 맺힌 주먹이 꽂혔다.

이어서 복부와 가슴에도 공격이 들어갔다.

그를 공격한 비숍은 땅에 떨어지자마자 사라지는 그람을 보고 혀를 찼다.

"대비가 잘 되어 있군."

그는 다른 동료들에게 손을 내밀어 공격을 제지시켰다.

리오가 디바이너로 그를 다시 공격했다.

"이제 힘이 다 빠졌을 텐데?"

비숍은 무릎을 세워 디바이너를 튕겨냈다.

공격이 막힌 것을 본 리오는 한 번 씩 웃고는 다시 검을 휘둘렀다.

비숍은 한 손으로 디바이너를 연속해서 튕겨내며 리오를 노려봤다.

"확실히, 네놈은 예상 이상으로 저항하는군."

"닥쳐!"

마법검, 플레어버스터의 진홍색 불빛이 디바이너에 맺혔다.

"이봐, 마법검의 약점은 너도 잘 알잖아?"

비숍은 리오의 팔목을 잡아 공격을 막아냈다.

상대에게 닿지 못한 디바이너의 칼날이 플레어버스터의 힘을 견디지 못하고 하얗게 탔다.

"안 닿으면 쓸모없지."

리오의 팔목을 잡은 비숍의 손에서 흰색의 광선들이 나와 디바이너에 흡수되었다.

리오는 그 빛이 무엇인지 알고 있었다.

'주문 해제?'

플레어버스터의 불빛이 사라지고 주문을 만든 스펠다이얼도 리오의 팔에서 다시 튀어나와 산산이 부서졌다.

"다른 재주는 없나? 지하드? 그건 지금 체력으로는 못 쓰겠지만 혹시 모르니……"

비숍은 리오의 오른팔을 잡아 꺾었다.

뒤이어 닭 날개를 꺾듯 왼팔도 잡아 비틀었다.

"으아아악!"

"겨우 팔이 부러진 걸로 비명을 지르나?"

비숍이 땅을 향해 리오를 걷어찼다.

추락하여 쓰러진 리오를 비숍이 추격했다.

그는 발로 리오의 두 다리를 밟아 차례로 부러뜨렸다.

땅에 떨어진 순간부터 의식을 거의 잃은 리오는 통증을 느끼지 못하는 듯 하늘을 희미하게 응시했다.

비숍이 그의 머리맡으로 걸어왔다.

"하이볼크가 이번에도 널 재생시킬까? 아무튼 고생했어, 리오 씨. 다신 만나지 말자고."

비숍이 리오의 몸에 검을 꽂으려고 하는 찰나였다.

부러져 꺾인 채 뒤집혀 있던 리오의 왼손에서 철회색의 빛이 터졌다. 그 빛은 비숍의 팔을 자르며 힘차게 솟구쳐 올랐다.

"으윽!"

빛에 왼팔이 날아간 비숍은 자신의 손으로 왼쪽 어깻죽지를 완전히 도려냈다. 도려내지 않았다면 리오가 마지막으로 사용한 빛에, 그의 왼손에서 솟아난 그람의 칼날에 몸 전체가 산화됐을 것이다.

그 영향을 완전히 지우진 못했는지 비숍은 크게 고통스러워했다.

"제길, 몸 속에 숨겨진 무기가 아니라 이놈의 존재 자체에 등록된 무기였군!"

그는 다시 사라지는 그람을 보며 분노했다.

"다음엔 주의해야겠군."

그의 동료가 회중시계 모양의 기계를 들었다.

"조금만 돌려봐. 녀석에게 당하기 직전으로."

"그러지."

"저 검에 대해서 꼭 다시 얘기해 줘."

"걱정도 많군."

비숍의 동료가 시계의 단추를 눌렀다.

시간의 흐름이 역행하면서 잘려 나갔던 비숍의 팔이 다
시 달라붙었다.

리오의 머리맡으로 걸어가던 비숍을 방금 전 회중시계로
시간을 되돌린 자가 붙들었다.

"이봐."

"음?"

비숍은 동료의 손에 들린 시계를 보고 동작을 멈췄다.

"시간을 돌렸나?"

"저자의 왼손에서 아까 그 검이 튀어나오더군. 자네가 죽
을 뻔했지."

말을 전해준 비숍의 동료가 흠칫했다.

"아니……?"

"또 왜?"

비숍이 짜증을 냈다.

"제길, 검이 튀어나오긴 뭘 튀어나와? 이미 나와 있잖아?"

그가 외쳤다.

"그게 아니야!"

동료가 맞서 소리쳤다.

"녀석의 시간이 움직이지 않았어!"

비숍과 비숍의 동료 전체가 흠칫했다.

"그 녀석의 시간은 움직이지 않아."

낯익은 목소리가 비숍들의 청각을 때렸다.

모두가 일제히 그곳을 봤다.

"저 녀석……?"

당황한 비숍이 목소리가 들린 방향과 땅에 쓰러진 리오를 번갈아 쳐다봤다.

리오가 의식을 서서히 잃었다.

'내 목소리……?'

그가 기절하는 것에 맞춰 발걸음 소리가 들렸다.

"다른 곳에서 온 녀석이거든."

설명과 함께 또 다른 붉은 장발의 남자가 디바이너로 자신의 어깨를 두드리며 비숍들에게 다가갔다.

그는 회색의 망토 대신 검은색의 가죽 재킷과 바지를 입고 있었다.

"리오?"

비숍이 그의 이름을 정신없이 내뱉었다.

"네놈, 세 번째인가?"

질문에 대답하기에 앞서 가죽 재킷 차림의 리오는 살의로 굶주린 미소를 지었다.

"세 번째는 저 녀석이야."

그는 기절한 리오를 디바이너 끝으로 가리켰다.

"그리고 난 두 번째지. 게다가 리오 스나이퍼라고."

"허, 그래?"

비숍의 가면이 새빨갛게 달아올랐다.

"이 지긋지긋한 녀석!"

비숍과 그의 동료들이 무기를 들고 뛰어올랐다.

리오가 즐겁게 웃었다.

"후후, 하하하하! 어서 와라, 머저리 같은 놈들!"

그의 얼굴과 소매를 걷은 팔뚝에 회색의 무늬가 빛을 발하며 떠올랐다.

"안전 주문, 해제!"

*　　　*　　　*

그 도시는 초겨울의 문턱에 있었다.

지크는 항상 걷어붙이고 있던 가죽 재킷의 소매를 내리며 입김을 길게 내뿜었다.

"정말 계절상 초겨울인 곳 맞아요? 여기서 사람들이 어떻게 살죠?"

그는 옆에 흰 코트를 입고 다소곳이 서 있는 피엘 플레포스에게 물었다.

"도시의 크기가 보이시죠? 100만에 가까운 사람들이 살고 있답니다."

그런 대답을 원한 게 아니었던 지크는 눈에 쓴 고글을 벗고 밖에 낀 서리를 닦았다.

피엘 역시 안경에 낀 서리를 손수건으로 닦았다.

"이 도시에 있는 게 확실해요?"

"그럼요. 유전자 단위로 철저하게 조사했어요. 두 번째 리클레이머로서 아주 적합하죠. 그러니 제발 부탁할게요, 지크님."

"부탁이요?"

"그분과 만나면 싸우지 마세요. 성격이 정말 대단한 분이니까요."

"헤, 대단해 봤자 바이론만큼 미쳤겠어요?"

"흠, 더하면 더했지 못하진 않을 거예요."

피엘의 대답에 지크가 움찔했다.

"그래요?"

"별명이 미친개라고 하네요."

"우와."

지크가 씰룩 웃었다.

"그럼 어서 들어가죠."

피엘은 미리 준비한 신분증 중 하나를 지크에게 건네주었다.

성문의 검문검색을 가뿐하게, 합법적으로 통과한 피엘과

지크는 들어올 때 얻은 관광용 지도를 보면서 강변을 따라 걸었다.

"무슨 축제라도 하려나 보네요."

지크가 반짝이는 물건들로 화려하게 장식된 시장 입구를 가리켰다.

"그러게요."

피엘이 눈웃음을 지었다.

지크는 시장 입구에서 공을 던지고 받으며 재주를 부리는 광대를 한참 바라보다가 길을 재촉했다.

공연을 끝낸 광대가 두꺼운 털옷으로 무장한 사람들의 박수를 받으며 쾌활하게 웃었다.

"바란투로스 왕국의 수도, 아이젠발트의 명물인 첫눈 축제가 시작됐습니다! 우리들의 여왕 폐하, 하이네스 2세께 영광을!"

『가즈 나이트 R』 10권에 계속…

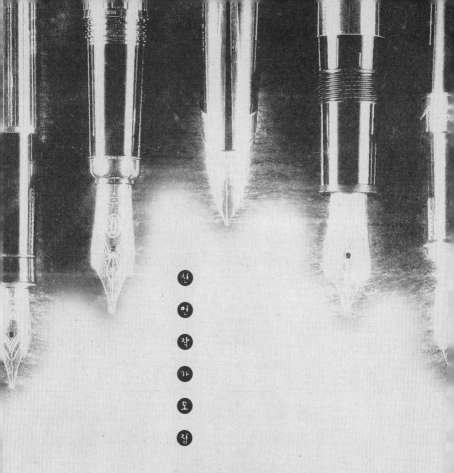

김현석 현대 판타지 소설
전능의 팔찌
THE OMNIPOTENT BRACELET
「신화창조」의 작가 김현석이 그려내는
새로운 판타지 세상이 현대에 도래한다!
삼류대학 수학과 출신, 김현수
낙하산을 타고 국내 굴지의 대기업 천지건설(주)에 입사하다!
상사의 등살에 못 견뎌 떠난 산행에서, 대마법사 멀린과의 인연이 이어지고......
어떻게 잡은 직장인데 그만둘 수 있으랴!
전능의 팔찌가 현수를 승승장구의 길로 이끈다!
통쾌함과 즐거움을 버무린 색다른 재미!
지.구. 유.일.의 마법사 김현수의 성공신화 창조기!
Book Publishing CHUNGEORAM
유행이 아닌 자유추구 -
www.chungeoram.com

무정철협

월인 新무협 판타지 소설

FANTASTIC ORIENTAL HEROES

「두령」, 「사마쌍협」, 「장홍관일」의 작가 월인
2013년 벽두를 여는 신무협이 온다!

삭초제근(削草制根)!
일단 손을 쓰면 뿌리까지 뽑아버렸다.

무정(無情)!
검을 들면 더 이상 정을 논하지 않았다.

그래서 나는 무정철협이 되었다.

진정한 협(俠)을 아는가!
여기 철혈의 사내 이한성이 있다!

「무정철협」

Book Publishing CHUNGEORAM

유행이 아닌 자유추구 -
WWW.chungeoram.com

까불지마!
까불지마!
FUSION FANTASTIC STORY
무람 장편 소설

『태클 걸지 마!』의 무람 작가가
풀어내는 신개념 현대판타지 소설!

24살의 대한민국 청년, 강태영
타고난 병으로 인해 온몸의 근육이 힘을 잃어가는 그가 부모마저 잃었다!

"제기랄! 이 빌어먹을 몸뚱이!"

좌절하여 모든 걸 포기하려던 바로 그날.

꽈르르릉! 번쩍!
강태영을 향해 떨어진 푸른 날벼락.
그리고 그가 눈을 떴을 때
그를 기다리고 있는 것은……

날 비참하게 만들던 세상이여
더 이상 까불지 마라!

Book Publishing CHUNGEORAM

유행이 아닌 자유추구 -
WWW.chungeoram.com

ALCHEMIST

알케미스트

FUSION FANTASTIC STORY 시이람 장편 소설

2013년, 또 하나의 현대물이 깨어난다.
현대에서 펼쳐지는 연금마법진의 진수!

인간 최초의 9서클을 이룩한 마법사 아스란.
죽음의 위기에서 그가 남긴 유지가
차원을 넘어 지구에 떨어진다.

일리미트 비블리어시카(Illimite bibliotheca)!

그 무한한 힘과 지식을 얻게 된 김창준.
3년 전으로 돌아간 날을 기점으로,
삶이, 인생이, 그의 희망이 바뀐다!

**현대에 강림한 진정한 마법사의 전설!
끝도 없이 세상을 향해 날개를 펼치다!**

Book Publishing CHUNGEORAM

유행이 아닌 자유추구 -
WWW.chungeoram.com